그곳에 있다

그곳에 있다

초판발행 2024년 1월 5일

지은이 고경숙
펴낸이 신지원
펴낸곳 도서출판 소소담담
등 록 2015년 10월 7일(제2017-000017호)
주 소 대구광역시 북구 호국로43길 7-19
전 화 053-953-2112

ISBN 979-11-983129-3-8 (03810)
ⓒ 고경숙 2024

*책값은 뒤표지에 있습니다.
*저자와 출판사의 사전 동의 없는 무단 전재 및 복제를 금합니다.

그곳에 있다

고경숙 소설집

소소
담담

• 작가의 말

2015년 봄에 나는 당돌하게 작업실을 마련했다. 그곳은 어린 내가 성장하고 가족과 함께 살던 집이었다. 그 집이 내 작업실이 될 줄 알지 못했지만, 감히 작업실이라고 명명했다. 노트북 하나와 몇 권의 책을 들고 무작정 들어갔다. 나는 빈집에 살던 곤충과 고양이에게 침입자였다. 벌은 윙윙거렸고, 새는 날개를 펼쳤다.
내 작품 속 일정 부분은 그 집이 배경이다. 자연스럽게 글 속으로 환경이 들어왔다. 가끔은 야생 고양이가 소품으로 등장하기도 한다. 〈고립 또는 삶〉의 주인공 동구가 그 집에 살았고, 〈분조 씨의 자서전〉에 박분조 역시 그 집에서 생활하다가 생을 마감한다. 〈그곳에 있다〉에서는 아라 고모 집이었다. 그 집은 온전히 나만의 공간이었고, 나만의 공간이 되어 주었다. 책을 펴내면서 부모님의 그늘이 새삼 넓고 아늑했다는 사실에 감사하다.
소설을 쓰는 일은 어렵고 힘들고 때로는 고통스럽다. 하지만 문장이 완성되어 문단이 되고 페이지가 되어 한 작품으로 거듭날 때, 뭔가 이루어 냈다는 사실은 나 자신을 사랑하게 한다. 여기 8편의 작품을 세상으로 먼저 내보낸다. 자식을 떠나보내듯 조심스럽다. 이 작품들이 내 삶을 풍요롭게 했고, 시간을 모아둔 것같이 뿌듯하기도 하다.

　소설을 쓴다고 많이 외롭게 했던 가족들에게 고마움을 전하며, 미안한 마음을 숨기지 않겠다. 이해해 주리라 믿는다. 소설가로서 갖추어야 할 기본이 무엇인지를 가르쳐 준 엄창석 선생님과 작마 식구들이 있어 이 길을 걸을 수 있었다. 감사드린다. 내 작품을 읽고 조언을 아끼지 않았던 친구 효경이에게도 고맙다는 말 전하고 싶다. 작품평을 써 준 신재기 선생님께도 고마움을 전한다. 또한 이 작품집을 읽어 준 모든 분께 감사 인사를 올린다. 언제나 행복하기 바란다.

2023년 12월
고경숙

• 차례

작가의 말 _ 04

어린 여신 _ 11

그곳에 있다 _ 41

곁 _ 69

고립 또는 삶 _ 97

로그인 _ 127

분명하고도 충분한 _ 155

분조 씨의 자서전 _ 187

숨 _ 219

【작품론】
시대 현실을 탐색하는 사회학 | 신재기 _ 247

어린 여신

도심의 정적은 얼음 속같이 차가웠다. 두터운 어둠에서 바람은 노랗게 물든 은행나무 가로수 잎을 깃발처럼 흔들 뿐, 지나가는 사람도 차도 없는 새벽 거리를 이층 영안실에서 내려다보고 있었다. 입김을 후 하고 불었다. 팽창한 마음이 뚫리는 것만 같다. 주머니에 넣어둔 휴대폰을 꺼내 슬라이딩 폴더를 밀었다. 4시 30분. 멀리 붉은 십자가가 영혼을 안내하려는 듯 허공에 떠 있다.

이틀 밤을 새운 가족들이 국밥 한 그릇씩을 앞에 두고 의무적으로 마른 창자를 채우고 있다. 영정 앞 과일과 마른 포 위에 하얗게 먼지가 내려앉았다. 좌우 촛불만 사람을 기다리는 듯 무심히 피어오르고 있었다. 하얀 유니폼을 입은 식당 남자가 영정 앞 음식을 쓰레기 치우듯 치우고 부지런히 제상祭床을 차려 올렸다. 수북하게 뜬 밥그릇에서 김이 한숨처럼 피어올랐다. 영정 속 그녀는 저렇게 밥을 많이 먹질 못했다. 울컥 목이 메어 왔다. 유난히 눈이 아름다웠던 그녀. 아니 선량한 눈은 순진함마저 느껴졌다. 동그란 얼굴은 풋사과처럼 청순해 보였다. 오뚝한 코, 도톰한 입술, 검은 머리카락이 언뜻 보면 서구적인 것 같으면서 동양인 같은 그녀는 외국 여자다. 사진 속 여자는 웃을 듯 말 듯한 표정을 짓고 있다. 그녀는 내게 이제 이십 대로 영원히 멈추어 있을 것이다. 만날 수 없는 이별은 더 이상 나이를 먹지 않게 한다.

순식간에 모든 것이 갖추어진 제상이 완성되었다. 상주도 없는 제사다. 머뭇거리다 내가 제사상 앞으로 나가서 묵념을 올리며 예를 갖추었다. 뒤이어 그녀의 몇 안 되는 친구들이 줄을 서 합장했다. 찐따 너거루느스 라마스테. 제사가 싱겁게 끝났다.

뉴스마다 폭염을 머리기사로 내보내던 날, 아버지는 하필 그날 내게 심부름을 시켰다. 걸음을 걸을 때마다 땀방울이 뚝뚝 떨어졌다. 물속 풀처럼 몸이 흐느적거렸다. 뜨거운 열기는 머리 위와 발아래, 좌우 건물에서도 뿜어져 나왔다. 도시 전체가 찜질방처럼 덥다. 더위를 즐기듯 대구백화점 앞에 외국 노동자들이 영어와 한글로 쓴 피켓을 들고 목청을 높였다. "우리는 동물이 아니다. 우리도 사람이다." '미친, 누가 사람 아니랬나. 별것들이 다 지랄이야'. 나는 그들을 한심스럽게 쳐다봤다. 그들 역시 나 따윈 별것 아니라는 듯 더욱 단체 행동에 몰입하고 있었다. 그들의 시위는 영락없는 울산의 H 회사의 노동 투쟁을 닮았다. 그들도 시위를 배웠나 보다. 이 나라에 와서 무엇인들 못 배우겠는가. 한결같이 거무스름한 얼굴과 짙은 쌍꺼풀에 큰 눈망울이 두려워지기까지 했다. 어떤 시위든 이제 지겹다. 어른들은 왜 맨날 붉은 띠에 '단결 투쟁'이라는 띠만 두르면 과격해지고 용감해지는지. 무쇠 파이프라도 한 손으로 뚝 분질러 버릴 것처럼 단단하게 힘을 부풀려 성난 장닭처럼 행동한다. 도시의 거리는 복잡했다. 아버지가 준 심부름값 만 원만 아니었다면 시내까지 나 올 일도 없었는데…. 면도기는 수리도 되지 않았다. 너무 오래되어 교체할 부품이 없다고 했다. 괜히 헛일만 하고 돌아가는 셈이었다. 이럴 때 엄마가 있었으면, 엄마가 알아서 했을 텐데. 괜히 없는 엄마까지 미워졌다. 엄마, 갑자기 엄마가 너무 보고 싶어졌다. 지하철 속에서 엄마 나이쯤의 여인이 입을 크게 벌려 하품을 하더니 이내 고개를 스르르 숙인다. 유난히 잠이 많던 엄마.

학교에서 돌아오면 늘 잠에서 갓 깨어난 얼굴을 하고 "이제 오냐. 뭐 주까." 했다. 사춘기로 막 접어들던 나는 속으로 '아유 지겨워. 엄마 저 모습.' 그랬는데 그 모습이 지금 너무 그립다. 엄마는 늘 피곤했고, 늘 어딘가 아팠다. 나 혼자만 있는 집은 늘 조용했고, 정리정돈이 되어 있었다. 조금이라도 흩어진 구석이 보이면 엄마는 신경질을 냈고, 거울에 손자국만 있어도 벌떡 일어나 닦고야 누웠다. 엄마가 누워 있는 시간이 점점 많아지면서 식탁에는 아침에 먹던 우유 컵이 하루 종일 그대로 있었고, 아버지가 펼쳐 놓은 신문은 아버지가 돌아올 때까지 그대로 펼쳐져 있었다. 아버지는 시간에 맞춰 출근하고 퇴근했다. 나는 학교에서 자습도 하지 않고 집으로 와서 아버지 밥을 하고 반찬을 만들었다. 처음엔 엄마가 알려준 대로 했지만 차츰 나도 음식 만드는 것을 익혀 가고 있었다. 환경은 때로 고통 없는 성장을 가져다주기도 한다.

지하계단을 밟아 올라서는데 훅하고 더운 열기가 피부에 감겨 왔다. 뜨거운 햇살은 모든 것을 녹여 버릴 것같이 날카롭다. 달구어진 시멘트 바닥, 건물에서 품어내는 열기, 도로 위의 지열. 온통 공기는 더워지기 위해 존재하는 것만 같다. 테마공원에 메리야스 차림의 중년 남자들이 맥주를 마시고 있다. 손에 든 부채가 와이퍼처럼 얼굴 앞을 왔다 갔다 한다. 현관 도어락에 비밀번호 숫자 1을 누르자 안에서 기다렸다는 듯 문이 확 열렸다. 아버지다. 집안에 있던 찬 공기가 시원했다. 의아하게 쳐다보는 나를 아버지는 안심이라도 시키려는 듯 손을 허공에 한 번 젓더니 더워서 일찍 왔다고 했다. 덥다고 일찍 올 아버지가 아니었다. 신발장 앞에 낯선 신발 한 켤레가 다소곳이 있었다. 굽 높은 흰 신발은 앙증맞을 정도로 작았다. 여자? 누굴까. 엄마가 돌아가신 후 우리 집에 여자 신발은 내 신발 외에 그 누구의 신발도 없었다. 거실로 올라서는데 소파에 앉아 있던 여자가 긴장한 모습으로 일어섰다. 여자는 두 손을 가슴께로 모으며 '라마' 뭐라고 하는 것 같았다. 나도 어색하게 고개를 숙여 인사했다. 여자와의 첫 만남은 이렇게 시작되었다. 하필이면 시내에서 외국인들이 시위하던 그날에. 시내에서 만난 그 외국인들과 같은 동남아 계통의 여자. 아버지가 왜 외국 여자를 우리 집에 데리고 왔을까. '도우미가 필요했던가? 그 정도는 아닌데…' 아버지도 어색한 듯 뭐라고 말하려다 내가 내 방으로 걸어가는 것을 보고 멈추었다. 발걸음 소리가 유난히 크게 들렸다. 내 뒷모습을 쫓고 있는 시선이 느껴졌다. 굳어진 내 모습이 벽면 유리에 비쳤다. 아버지는 가끔이라도 외국 여자에 대해 이야기하질 않았다. 아버지와 나는 별로 이야기할 시간도 없었다.
 엄마가 없는 집은 늘 텅 빈 것같이 공기마저 고독했는지 모른다. 동생이나 언니라도 있었으면…. 엄마는 나 하나도 간신히 낳았다고 했다. 세 번의 자연유산 끝에 나를 가지고 열 달 동안을 누워만 있었다고. 살아 있을 때 엄마는 이 이야기를 몇 번이나 해 주었다. 허약한 몸은 자궁마저 부실하게 가지고 있었나 보다. 아버지는 그런 연약하고 가냘픈 엄마가 여성스러웠고, 보호해 주고픈 남성의 본능에 이끌려 엄마에게 청혼하고 결혼한 것 같았다. 결혼 첫 해부터 계절이 바뀔 때마다 면역기능이 떨어져 늘 감기를 달고 살았던 엄마. 아버지는 엄마의 완벽한 보호자였다. 엄마가 백혈병이라는 진단을 받던 날 아버지는 믿을 수 없다며 이 병원 저 병원으로 엄마를 데리고 다녔었고, 포도 요법이 좋다며 비싸고 좋은 포도로 엄마의 체질을 바꾸고자 노력했다. 엄마가 밥이 먹고 싶을까 봐 식사 시간이면 문을 꼭 닫았다. 밥 냄새까지 막으려 했던 아버지다. 엄마가 몇 달 치료하는 동안 우리는 작은 집으로 이사를 했다. 아버지는 그 사실조차 엄마에게 비밀로 했다. 병원비를 걱정하는 엄마에게 보험 처리되니까 당신은 걱정하지 말고 건강만 하면 된다고. 고통이 심할수록 엄마는 머리를 쥐어뜯으며 간호하는 아버지에게 욕설을 퍼부어도 아버지는 아무 말 없이 슬며시 밖으로 나가 담배 한 대를 피우고 들어올 뿐이었다. 엄마의 억지는 날이 갈수록 심했다.

"다 필요 없어. 나 그냥 죽게 제발 내버려둬. 이제 당신도 보기 싫어!"

소리치다가 기운이 소진되고, 진통제를 맞고 나면 다시 잠 속으로 빠졌다. 차라리 "여보! 나 살고 싶어 살려줘."라고 했다면 아버지는 더 마음이 아팠으리라. 엄마는 그것을 알고 있었을까? 엄마는 내게까지 냉정했다. 약과 물을 가지고 가면 내 손을 뿌리치며 약을 빼앗아 집어던져 버렸다. 그리곤 나를 노려보았다.

"제발, 제발…"

훗날 엄마 옆 침대 환자가 내게 말했다. 엄마가 그렇게 악을 쓰며 나를 보내 놓고, 혼자 이불을 덮어쓰고 얼마나 서럽게 우는지 옆에서 보는 사람들도 함께 울었다고. 그런 엄마가 야속해서 나 또한 돌아오면서 얼마나 울었던가.

엄마의 창백한 얼굴이 벽면 전신 거울에 내 얼굴과 겹쳐 보이는 것 같았다. 평상복으로 갈아입는 내 손끝이 파르르 떨려 왔다. 아버지가 데려온 저 여자. 아버지는 왜 저 여자를 데려 온 걸까. 혜미야. 아버지가 불렀다. 작은 거실 탁자 위에 아버지는 어느새 수박을 내놓았다. 여자는 가만히 앉아 있기만 했다. 나도 말을 하지 않고 수박만 바라보고 있었다. 오직 아버지만 이야기를 해야 했다. 어색한 분위기가 흘렀다. 생각하면 아버지가 좀 엉뚱한 것 같았다. 느닷없이 외국 여자를 데려다 놓고 내게 소개하기가 껄끄러운지 망설이고 있다. '도대체 뭐야.' 수박 한 조각을 집어 입으로 가져갔다. 옆으로 얼핏 본 여자의 나이를 짐작하기란 쉽지 않았다. 그것도 외국 여자이기에. 침묵만 흘렀다. 우리 집 정적은 우리 집과 잘 어울리는 것만 같았다. 나는 주인답게 쟁반을 밀며 '한 조각 드세요.' 하며 몸짓 언어를 했다. 여자는 살짝 웃으며 고개를 끄덕였다. 공손한 태도다. 아버지는 지금 여자를 내게 어떻게 소개할까 궁리만 하고 있는 것 같았다. 나는 아버지를 불렀다. 그리고 짜증 섞인 소리로 말했다.

"도대체 이 사람 누구예요?"

순간 여자의 동그란 검은 눈이 놀란 듯 동공이 확장되었다. 아버지는 결심한 듯 말했다.

"네팔에서 왔어." 했다.

나는 피곤한 음성으로 말했다.

"우리 집, 여기에 왜 왔냐구요?"

아버지는 머뭇거렸다.

"네가 너무 힘든 것 같아서."

아버지는 나를 핑계로 여자를 데리고 들어왔다. 아버지의 여자가 되리라곤 생각도 하지 못했다.

"괜찮지?"

아버지는 도대체 뭐가 괜찮다는 것인가. 아버지는 그즈음 출장이 잦았다. 그래도 나는 고등학생이었으니까 내가 밥도 차려 먹었고, 혼자 잘 수도 있는 나이다. 아버지 회사는 중소기업체다. 그 회사는 몇 년 사이 외국인 노동자가 부쩍 늘었다. 도금을 하는 그곳의 모든 일은 이제 외국인만이 해냈다. 화공약품을 비율대로 혼합하여 도금액을 만드는 기술적인 일과 제품의 관리만 한국인이 하고 있었다. 여자는 그곳에서 일했다. 여자는 네팔에서 인도로 다시 한국으로 왔다고 했다. 시내에서 시위를 하던 외국인의 모습이 떠올랐다. 가난한 나라에서 온 노동자. 나는 여자를 외국 노동자 보듯 빤히 쳐다보았다. 여자는 슬며시 눈길을 피했다. 부담스러웠는가 보다. 분홍색 짧은 셔츠와 흰 반바지 차림은 여자의 나이를 더욱 젊어 보이게 했다. 거무스름한 피부는 윤기를 머금고 있었다. 여자는 예뻤다. '새엄마'라 부르기에는 너무 젊었다. 나는 여자를 탐색했다. 아버지는 내 의견도 물어보지 않고 불쑥 여자를 데려다 놓고 어쩌자는 것일까. 아버지를 쳐다보다 눈이 마주쳤다. 그제야 아버지가 나를 여자에게 소개했다.

"혜미. 내 딸."

다시 내게 말했다.

"사비아 씨다."

여자가 공손히 내게 '안녕하십시오' 하자 옆에서 아버지가 '노우 안녕하세요'라고 했다. 여자가 웃으며 말했다.

"안녕하세요. 저 사비아 잘 부탁해요."

여자의 말은 한국에 온 지 꽤 오랜 시간이 된 듯했다. 고등학생인 내게 뭘 잘 부탁하는지 알 수 없었다.

나는 아버지의 평소 행동이 너무 완벽했기에 아버지에게는 엄마밖에 없는 줄 알았는데, 아버지의 여자가 외국인이라니. 아버지와 어울리지 않는 행동이라 갑자기 아버지에게 배신당한 느낌이 들었다. 이 세상에 나 혼자만 덩그러니 남아 있는 것 같았다.

여자와 내가 마주치는 일은 아침과 저녁 잠깐뿐이었다. 아침 일찍 나갔다 하교 후 학원으로 독서실로 돌아다니다 오면 늦은 밤이었다. 여자는 내가 돌아올 시간이면 거실에 불을 밝히고 자다가 놀란 듯 일어났다. 시종이 주인을 기다리듯 여자는 내게 깍듯이 예를 갖추었다. 언제나 그랬다. 늦은 밤이라도 양말이며 속옷을 빨아야 했던 나는 여자가 우리 집에 오고부터 솔직히 편했다. 여자는 내 빨래들을 그날그날 깨끗이 빨아서 내 옷장에 가지런히 넣어 두었다. 여자는 내게 모든 정성을 쏟고 있었다. 그런데 나는 여자가 내게 정성을 쏟으면 쏟을수록 싫어졌다. 여자가 싫다기보다 여자를 사랑하는 아버지가 미웠기에 여자가 싫었다. 여자와 아버지가 거실에서 웃음을 흘리다가 내가 나타나면 웃음소리가 뚝 끊겼다. 아버지의 큰 웃음소리도 여자가 오고부터 잦았다. 모든 것이 다시 좋아지고 있는데 나만 혼자인 것 같아 외로웠다. 공부도 되지 않았다. 공부에만 전념하면 될 환경인데 나는 오히려 혼란스러웠다. 여자는 아버지를 만나 행복한 듯 생글생글 웃었다. 검은 눈동자는 더욱 매혹적으로 깊었고, 윤기 흐르는 머리카락에서는 빛이 났다. 여자에게 나는 엄마라 부르지 않았다. '저기요', 아니면 '있잖아요' 하고 불렀다. 뭐든 필요한 것이 있으면 '저기요!' 하고 부르면 여자는 주인에게 복종하듯 쪼르르 달려와 내 눈치를 살피며 쌍꺼풀을 껌뻑거렸다. 때론 외국 도우미를 두고 사는 착각이 들 정도였다.

여자는 밤늦게까지 공부하다 돌아온 내가 안쓰러운 듯 바라봤다.

"혜미 피곤해. 늦게까지 공부 왜 해요. 건강 해치면 안 돼요."

 여자는 한국의 고등학생을 모른다. 이해할 수 없었을 것이다. 나는 여자가 만든 음식을 먹을 수 없었다. 식탁엔 국적 불명의 음식들이 차려졌다. 한국 음식이면 무조건 매워야 되는 줄 알고 고춧가루 범벅으로 만든 음식은 보기만 해도 속이 쓰려왔다. 나는 빨래와 청소만 여자에게 맡기고 음식은 내가 내 방식으로 만들어 먹었다. 여자는 차츰 만두를 사두기도 하고, 찐빵을 사서 쪄 놓기도 했다. 아버지가 내가 좋아하는 음식들을 알려 주었기 때문일 터다. 여자가 청소한 방은 마음에 들지 않았다. 물걸레로 한 번 쓰윽 닦으면 그만이었다. 물기가 마르고 나면 허연 먼지가 그대로 드러나곤 했다. 내가 혼자 싱크대 앞에서 요리를 하면 여자는 안절부절 못하고 내 옆을 왔다 갔다 했다. 나는 모르는 척 내버려 두었다. 여자는 자신이 할 수 없음이 안타까워서인지 아니면 내 요리를 배우고 싶은 것인지 모르겠다. 그러나 할 수 없다. 여자의 음식이 도무지 입에 맞질 않으니. 때론 여자가 내 옆에 서서 무언가 도울 일을 찾았다. 감자 껍질을 쓰레기통에 넣는다거나 다 사용한 칼과 행주를 제자리에 갖다 두기도 했다. 그럴 때도 나는 모른 척했다.
 아버지는 그런 내 행동이 마음에 들지 않았는지 이렇게 말했다.

"그래도 먹어 봐라. 사비아가 애써 만든 것인데."

나는 그 음식들을 쳐다보지 않았다. 외면해 버렸다. 그런 사소한 내 행동들이 쌓이면서 어느 날 아버지가 내게 말했다.

"사비아에게 엄마라고 불러!"

"싫어요. 엄마가 둘일 수 없어요."

아버지는 참았던 화를 한꺼번에 토해냈다.

"뭐야! 넌 뭐가 그래 잘났냐. 못된 것. 한집에 살면서 그게 뭐야. 소 닭 쳐다보듯. 그러면 넌 좋겠냐"

아버지는 여자가 오기 전에 한 번도 내게 언성을 높인 적이 없었다.

여자가 울먹이면서 말했다.

"나 가면 돼요. 나갈게요. 화내지 말아요."

여자의 목소리에 더욱 화가 난 아버지가 옆에 있던 물컵을 발로 차 버렸다. 물컵이 벽에 부딪치면서 쨍그랑 하며 유리 파편들을 만들어 냈다. 그것들이 빛을 받아 반짝거렸다. 순간 나는 그 유리 파편들을 손으로 움켜잡고 내 손에서 붉은 빗방울이 터져 나오게 하고 싶었다. 내 속에 웅얼거리는 언어들을 다 쏟아 유리 파편으로 만들어 버리고도 싶었다. 아버지는 내 엄마에게 최선을 다했다. 그런데 나는 아버지와 그 여자가 다정하면 할수록 엄마의 질투가 내 속으로 들어온 것처럼 속엣것들이 뒤집혀 올라오곤 했다.

아버지에겐 여자가 필요했다. 어린 나는 그것을 알 수 없었다. 아버지의 육체적인 욕구를 받아 줄 여자. 여자가 우리 집에 온 후 아버지의 얼굴에는 윤기가 흘렀다. 그것뿐이었다. 변한 것은 아무것도 없었다. 엄마가 사용하던 장롱에 여자의 옷이 걸려 있는 것. 여자는 우리 집에 올 때 작은 가방 하나만 달랑 들고 친척집을 방문하듯 그렇게 왔었다. 가끔 여자는 내가 알아들을 수 없는 노래를 작은 소리로 불렀다. 네팔이나 인도 노래거니 생각했다. 그럴 때마다 여자가 고향을 그리워하고 있음을 간접적으로 느낄 뿐, 그녀에게 동정심 따위는 없었다. 간혹 외국 편지가 우편함에 들어 있곤 했다.

어떻게 알았는지 반 아이들이 호기심 어린 눈으로 말하곤 했다. "네 새엄마 외국 사람이라며, 넌 영어 걱정 안 해도 되겠네." 한심한 친구들이다. 외국인이면 다 영어를 할 줄 안다고 생각하는가 보다.

햇빛은 온천지를 노랗게 물들이려고 작정한 것 같았다. 노란 국화, 노랗게 익은 모과와 밀감, 화르르 날아다니는 노랑나비 떼, 바람에 흩날리는 은행잎 등 모두가 생명이 있어 살아 움직이는 것만 같다. 살아서 움직이는 것은 아름답다.

그날 난 미술 준비물을 거실에 두고 학교로 왔었다. 내 준비물인 것을 안 그녀는 그것을 들고 학교로 왔었다. 정문에 검정 비닐을 들고 서 있는 그녀가 보였다. 난 후배를 시켜 비닐봉지를 받아오게 했다. 언젠가는 보충수업을 마치고 나오자 비가 추적추적 내렸었다. 친구의 우산을 함께 쓰고 교문을 나오다 나는 봤다. 어둠 속에 우산을 들고 초조하게 나를 기다리며 서 있는 그녀를. 그녀를 보자 알 수 없는 분노가 일었다. '에이씨. 또 왔어. 도대체 왜 저러는 거야.' 나는 그녀 옆을 지나쳐 집으로 왔다.

친구 슬비가 이때만큼은 부러웠다. 슬비 부모는 이혼했다. 슬비는 아버지가 미우면 엄마 집으로 간다고 했다. 난 갈 곳이 없다. 그녀가 내 엄마인 것이 창피했다. 단지 외국인이기 때문만은 아니다.

그즈음 아버지가 회사에서 화학약품처리 과정에서 화상을 입었고, 화상이 다 나아갈 때쯤 교통사고를 당했다. 그녀가 우리 집에 오고 정확히 삼 개월 후부터이었을 것이다. 교통사고 후유증으로 아버지는 절뚝거리며 걸었다. 장애인이 된 것이다. 여자는 아버지에게 더욱 정성을 쏟았다. 마치 자신이 아버지 다리가 된 듯했다.

가끔 여자의 친구들이 찾아왔다. 친구라야 몇 명 되지 않았다. 처음에는 구별할 수 없었던 얼굴들이 몇 번 보니 낯이 익었다. 그들과 마주칠 일이 별로 없었지만, 그들은 휴일이 아니면 시간을 낼 수 없는지 일요일에만 왔다. 그들은 만나면 늘 즐겁다. 알아들을 수 없는 그들의 말은 빠르기도 했지만, 큰 웃음소리는 공중을 떠다니는 듯했다. 그런 날이면 여자는 그들의 소리를 낮추게 하느라 "쉿!"을 몇 번이나 했다. 그리고 그들이 돌아가면 꼭 내게 "혜미 미안해. 시끄러웠지." 했다. 모국어로 마음껏 이야기했으면 기분이 좋아야 할 텐데 여자는 더 우울해 보였다.

가끔 여자는 흰 약봉지 약을 꺼내 먹었다. '어디 아픈가' 하며 무슨 약인지 궁금해지기도 했다. 한집에 살면서 관심 밖이라 우겨보지만, 보이지 않지만 공기로 숨을 쉬는 것같이 여자의 존재가 느껴졌다. 나는 여자가 우리 집에서 떠나가기만 기다렸다. 여자가 아니면 내가 떠나갈 날만 기다렸다. 그것은 대학을 멀리 가면 되는 것이었다. 여자는 가끔 방에서 CD로 노래를 들었다. 그것은 그녀만의 특권이다. 알 수 없는 노랫소리에 알 수 없는 음악을 혼자서만 느끼고 부르기 때문이다. 초가을 무렵이었을까. 여자는 약을 먹고 방으로 들어가 CD를 들었다. 내 방에서 들리는 소리는 웅얼웅얼거리는 노랫소리가 아니라 노랫소리 속에 울음소리가 배어 있었다. 처음엔 그 또한 노래 가사 속 음악인 줄 알았다. 여자는 놀랍게 울고 있었다. 아니 그 울음은 슬픔의 울음도 절망의 울음도 아닌 고통의 신음소리였다. 나는 살며시 여자가 먹던 약봉지를 찾았다. '경 산부인과'라고 적힌 약봉지. '임신중절 수술이라도 받았나?' 생각하며 무심하게 지나쳤다.

  고삼이 된 나는 여자와 마주칠 시간이 더욱더 줄었다. 여자는 우리 집에 잘 적응해서 모든 것을 익숙하게 처리했다. 아버지는 여자에게 모든 것을 맡겼다. 아버지는 여자에게 내 용돈과 사사로운 것까지 일임을 했다. 그리고 아버지는 "네 엄마한테 이야기 해."라고 했다. 아버지가 변했다. 엄마가 너무 보고 싶었다. 엄마의 앨범을 찾다가 나는 장식장에서 여자의 앨범을 처음 보았다. 예쁜 여자아이가 화장한 얼굴을 하고, 여왕 같은 왕관을 쓰고 있는 모습은 너무 예뻐 보고 또 봤다. 여자의 동생인가. 아니면 조카. 사진 속 여자애가 내게 말을 걸어왔다. '내가 누군지 너 알아?' 나는 고개를 좌우로 흔들었다. '모르면서 왜 나를 미워해.' 괜히 눈물이 났다. 앨범을 덮고 일어서는데 여자가 내 뒤에 와 있었다. 나는 훔쳐본 당황함을 감출 수 없었는데, 여자가 더욱 당황한 모습을 하고 서 있었다.

"앨범 봤어?"

"……."

고개만 끄덕이고 내 방으로 들어와 버렸다. 그렇게 여자와 나는 한집에 살면서 말없이 지냈다. 여자가 나보다 겨우 열두 살 많다는 것도 그즈음 알았다. 그래서 더더욱 엄마라는 소리가 나오지 않았다. 여자가 우리 집에 들어오고, 할아버지가 돌아가셨고 몇 달 뒤에는 할머니마저 돌아가셨다. 그때마다 여자는 자신의 탓인 양 조용히 눈물을 흘렸다. 여자는 이 땅에 혈육 한 점 없다. 이 땅에서 살아가기가 그리 만만하지 않음도 알고 있을 것이다.

우연히 엄마 친구를 만나던 날이었다. 나는 친구를 만나기 위해 공원 벤치에 앉아 있었다. 한 떼의 비둘기가 내 발 근처까지 나직이 걸어와서 무언가를 발견한 듯 부리를 땅에 대고 쪼았다. 나는 그들을 뚫어져라 쳐다봤다. 비둘기들은 사람을 무서워하지 않았다. 나는 두 발을 들었다 "탁" 하고 내렸다. 그때서야 비둘기들이 화르르 나뭇가지로 올라가 앉았다. 비둘기들은 아직 땅에서 할 일이 남아 있는 듯 고개를 갸웃거리며 아래를 보더니 한 마리가 가볍게 내려앉았다. 나는 가방을 뒤져 초코파이 하나를 꺼내 잘게 부수어 던졌다. 굶주린 탓인지 아니면 먹이 앞에 본능인지 경쟁적으로 비둘기들이 모여들었다. 비둘기들은 내 손 끝에 묻은 부스러기 하나라도 다 먹을 것처럼 약콩 같은 작은 눈동자를 굴렸다. 언제부터 비둘기들이 사람에게 겁이 없어졌을까. 그들도 나름대로 생존경쟁에서 밀려나지 않으려는 것이, 먹이 앞에서 용감해지고 겁이 없어졌는지 모를 일이다. 나는 잠시 어리둥절했고, 현기증이 일었다. 산책하던 한 사람이 깜짝 놀란 듯 어머! 너 혜미 아니야. 나는 반사적으로 고개를 돌렸다. 비둘기들이 내 움직임에 놀란 듯 다시 화르르 날아올랐다. 옅은 흙먼지가 비둘기 깃털과 함께 사방에 흩날렸다. 아쉬움을 떨치지 못한 비둘기들이 일제히 무슨 일이야 하고 저들끼리 잠시 술렁거렸다.

 그녀는 엄마의 유일한 고향 친구였다. 엄마 빈소에서 자신의 딸같이 나를 안고 서럽게 울었다. 자신의 집에 자주 놀러 오라며 당부까지 하던 그녀에게 나는 한 번도 찾아가지 않았다. 내가 어렸을 때, 그녀 집에 놀러 가면 한 움큼도 되지 않은 내 머리카락을 솜씨 좋게 요리조리 묶어 주면서 네 엄마는 하여튼 쯧쯧 했다. 나는 그런 그녀에게 이모 하며 따랐고 예뻐진 머리 모양이 마음에 들었다. 엄마는 내 머리 손질에 영 소질이 없었다. 그녀는 쿠키랑 카스테라도 만들어 주었었다. 그녀가 멀리 이사를 가고 엄마는 동네 사람을 사귀지 못했다. 나는 왈칵 눈물이 솟았다. 왜 그랬는지 나도 모랐다. 엄마를 본 듯한 반가움이었을까.

"오랜만이다. 여기서 만나다니…. 어떻게 지내고 있었어."

이모가 내 곁으로 다가왔다. 내게 진짜 이모가 있었으면 좋겠다는 생각을 순간적으로 했다. 내 등을 쓰다듬던 이모의 목소리에도 물기가 묻어 있었다.

"어디 보자."

나는 울음을 그치자 겸연쩍었고 부끄러웠다.

"네 아빠 재혼했다는 이야기 들었어. 그래 남자가 혼자서 어떻게 살겠어."

이모는 혼잣말처럼 중얼거렸다. 그리고 생각난 듯 말했다.

"재혼한 사람이 외국 사람이라며, 그것도 쿠마리라고 하던데 맞니?"

"쿠마리. 쿠마리가 뭐에요?"

"나도 잘 몰라. 뭐라더라 네팔의 여신이라고 하던데, 그곳에 무슨 풍습의 하나라고. 어린 여자아이 중에서 뽑는다고 하지 아마."

"여신. 그 여자 신神 아니예요."

그랬다. 그 여자는 신들린 사람이 아니었다. 어떤 행동에서도 그런 모습은 한 번도 없었다. 그냥 외국 여자였다. 외국 여자가 한국으로 노동을 왔을 뿐이었다. 이모는 '그 여자'라고 하는 내 말에 놀란 듯했다. 나도 멈칫했다.
"예쁘겠네."
"네."
엄마 친구를 만나서 더욱 우울했다. 내 친구를 만나 무슨 이야기를 나누었는지도 모르겠다. 그렇게 나는 여자의 과거를 하나씩 알아 갔다. '쿠마리'를 알기 위해 나는 인터넷을 뒤졌다.

네팔의 여신 쿠마리. 천 년을 이어온 네팔의 오랜 전통. 사 세에서 칠 세에 흠이 없는 여자아이 중에서 선발하며, 무려 서른두 가지 이상의 조건에 충족해야만 뽑히는 쿠마리. 초경이 시작되면 다음 쿠마리에게 여신의 자리를 물려주어야 하는 것. 쿠마리로 선정되면 사원으로 들어가서 살게 되며 여신으로 숭배 받는다고 했다. 무엇보다 모든 액운을 지녀 결혼을 하게 되면 남편이 일찍 죽고, 그 액운이 가족에게 퍼져 불행을 가져온다는 통념 때문에 불행한 일생을 살게 된다고 한다. 쿠마리를 알아갈수록 여자가 무서워졌다. 아무리 네팔의 전통이라고는 하지마는. 나는 이 엄청난 사실을 감당할 수가 없었다. 아버지에게 알려야 한다는 생각만 머릿속에서 윙윙거리며 복잡한 선을 긋고 있었다. 할아버지와 할머니가 돌아가신 것도, 아버지가 다친 것도 그 여자의 액운이 우리 가족에게 불행을 가져온 것이라는 확신이 들었다.

여자의 앨범을 다시 뒤져 보았다. 인터넷에서 본 쿠마리 사진과 똑같은 사진이 사라지고 없었다. 여자가 감추어 버렸는지 모를 일이다. 온몸이 오싹하니 소름이 오소소 돋아났다. 하루빨리 여자를 우리 집에서 쫓아 버려야 한다. 나는 아버지에게 이 엄청난 이야기를 빨리 해야만 했다. 불안하고 초조했다. 여자는 아버지 그림자라도 되는 양 아버지 곁에서 벗어나지 않았다. 나는 과일 껍질을 버리는 척 뒤 베란다로 가서 짐짓 큰 소리로 말했다.

"쓰레기통이 꽉 찼네. 이거 어디 버려요? 쓰레기통이 꽉 찼어요!"

여자가 거실에서 쫓아와서 쓰레기통을 받았다. 그리곤 얼른 밖으로 가지고 나갔다. 현관문 닫히는 소리가 꽝 나자 나는 얼른 아버지 곁으로 갔다. 나는 빠르게 말했다. 아버지 할 말 있어요. 아버지는 담배를 한 모금 빨아들이는 순간이었는지 담배 끝이 빨갛게 타들어 가고 있었다. 아버지는 귀찮은

지 뭐냐고 되묻는 눈빛이었다. 나는 현관문을 힐끔 한 번 바라보고는 다시 아버지를 향해 말했다.

"여신이라고 해요. 여신!"

"그게 무슨 말이냐?"

"사람들이 네팔 여신이었다고, 그 뭐라더라 쿠. 쿠. 쿠마리라던가. 하여튼 그 나라의 어린 여자애를 뽑아 신으로 모신대요. 중요한 건 그 여신에는 액운이 붙어다닌다는 거예요."

아버지는 아무 일도 아니라는 듯.

"누가 그런 소리를 해. 요즈음 세상에 그런 것 누가 믿어. 그리고 여기는 한국이야. 네팔이 아니라고. 쓸데없는 소리 하지 말고 공부나 열심히 해."

나는 다시 말했다.

"아버지 그런데 여신과 결혼하는 사람은…."

차마 입 밖으로 내지 못하고 우물거리며 말끝을 흐렸다. 우물거리던 끝말을 속으로 뱉었다. '여신과 결혼하는 사람은 일찍 죽는다고 해요.' 아버지를 바라보니 불쌍해 보였다. 아버지의 마른 음성이 갑자기 나를 불렀다.

"저 사람 불쌍한 사람이다."

아버지는 훅하고 한숨을 내쉬고는 아직 다 피우지 않은 담배를 재떨이에 비벼 껐다. 그리고 의미 없이 창밖을 바라봤다.

"저 사람 많이 아프다. 어쩌면 수술해야 할지도 모른다."

밖에 나갔던 여자가 음식물 쓰레기를 버리고 돌아왔다. 나는 아버지 곁을 물러나 내 방으로 돌아왔다. '저 사람 많이 아프다. 저 사람 많이 아파.'라는 아버지의 말이 자꾸만 메아리처럼 귓전에 와 부딪쳤다. 공부에 집중이 되지 않고, 아버지 말만 또렷이 떠올랐다. 약봉지에 적혀 있던 산부인과를 기억했다. 산부인과는 단순히 임신한 여자들이 가는 곳으로만 알고 있었다. 많이 아프면 수술하면 되지. 이불을 당겨 얼굴까지 덮어썼다. 혹 암 같은 건 아니겠지. 아버지의 사고, 여자의 약봉지를 생각하다 고개를 흔들었다. 부정적인 모든 생각을 떨쳐버리려는 몸짓이었다.

새벽밥을 지어 어떻게 하면 한 숟갈이라도 먹여 보내려고 하던 그 몸짓과 간절함이 묻은 눈길을 나는 아침마다 피했다. 갑자기 여자에게 연민이라도 느낀 걸까. 고해성사라도 하고픈 심정이 되었다. 여자가 입원하던 날 하루 종일 비가 내렸다. 나는 창문을 통해 비 오는 것을 봤다. 빗방울이 창문에 부딪히면서 물방울이 되어 유리를 타고 흘러내렸다. 내 마음에도 알 수 없는 수많은 빗방울들이 웅얼웅얼 흘렀다. 여자의 고통이 전해지는 것만 같아 몸을 부르르 떨었다. 여자는 진작 자기 몸의 이상을 알고 있었는지 모를 일이다. 약으로 약으로만 지탱한 몸은 자꾸만 야위어 갔고, 아픔이 시작되고서야 병원을 찾았지만 이미 몸은 돌아올 수 없는 다리를 건너섰다. 내가 병원을 찾았을 때 여자의 손은 앙상한 마른 나뭇가지 같았다.

"라마스테."

여자는 희미하게 웃었다.

"미안해. 식사는 꼭꼭 챙겨 먹어야 해. 혜미. 나는 혜미 이해해. 많이."

여자의 눈에 눈물이 고이기 시작했다. 나는 똑바로 쳐다볼 수 없어 하얀 침대 시트만 만지작거렸다. 입원실 환자들이 우리들의 대화에 호기심이 나는지 힐끔거리며 보았다.

나는 이제 그녀가 내 새엄마라는 사실이 부끄럽지 않았다. 하지만 '엄마! 빨리 나아야 해. 미안했어. 정말 미안했어.'라는 말은 입안에서만 맴돌았다. 여자는 그 작은 손으로 내 손을 말없이 자꾸만 쓰다듬었다. 눈물이 그렁그렁하던 눈에서 주르르 눈물이 쏟아졌다. 겨우 열두 살 많은 엄마. 그것도 네팔 여신이었던 여자. 처음 자세히 본 여자의 손. 그 손등에 얼룩하게 검은 흉터가 보였다.

"혜미! 나 쿠마리 아니야. 그 사진. 어릴 때 엄마가 나 예쁘다고 그렇게 찍어 줬어."

여자는 천천히 말을 했다.

"한국 와서 혜미 아버지 만나고 나 많이 행복했어. 남의 행복을 빼앗아 누리는 것 같았어. 혜미 아버지 참 좋은 사람이야."

여자는 오른손을 내 보이며 흉터를 가리켰다.

"이것이 혜미 아버지와 인연이야. 직장에서 화학 약품이…. 내 잘못이었어. 혜미, 아빠 잘못 아니야. 내가 뚜껑이 열려 있는 줄 모르고 집다가 그랬어. 그런데도 자기 책임이라고 매일 병원으로 찾아와 줬어. 고마웠어. 나 때문에 혜미 아빠도 화상 입었는데…."

여자의 커다란 검은 눈이 순박하고 순수해 보였다. 여자는 너무 순박해서 때로 내게 무시를 당해도 웃었을 수 있었던가. 여자는 모든 사실을 이야기하고 나니 편안한지 눈을 스르르 감았다. 진통제 탓인지 얼굴이 편안해 보였다.

빨간 단풍이 꽃잎처럼 떨어진다. 거리의 사람들 얼굴이 행복해 보인다. 멀어져 가는 병원을 돌아봤다. 하얀 건물이 딱딱하게 버티고 서 있다.

여자의 옷을 챙겼다. 옷이라 할 것도 없었다. 속옷 몇 개, 봄

가을 옷 몇 벌, 낡은 겨울 외투 하나, 그 옆에 새 옷인 검정색 겨울옷 한 벌이 걸려 있었다. 그 옷을 사 오던 날 나는 아버지에게 화를 냈다. 여자가 너무 좋아하길래. 그렇게 해서라도 여자의 기분을 망치게 하고 싶었다. 엄마가 쓰던 장롱에 여자 옷은 어색한 듯 철사 옷걸이에 그렇게 헐렁하게 걸려 있었다. 검정색 겨울옷을 보자 의사의 말이 생각났다.

"암세포가 다른 장기 쪽으로 전이되었습니다. 결과가 좋지 않아요."

내가 여자의 병실에서 막 나오는데 아버지랑 의사가 병실 밖 벽에 기대어 이야기를 하고 있었다.

"어떻게 수술이라도 하면 되지 않을까요."

"늦었습니다. 최선을 다 해보겠지만…"

의사는 차가운 말을 남기고 돌아섰다. 나는 다시 여자에게로 돌아갔었다. 여자는 "뭐, 두고 간 것 있어." 하고는 두리번거렸다. 나는 아무 말도 하지 않았다. 그냥 여자의 손만 잡았다. 여자 손은 따스했다.

"미안해요. 미안해요."

얼마 되지 않는 여자의 옷가지는 그녀가 우리 집에 올 때 들고 온 가방 하나밖에 되지 않았다. 여자는 우리 집에 와서 그렇게 자신의 것을 만들지 않았다. 늘 다소곳했고, 겸손하며 식구이면서 이방인처럼 모든 희생을 감수하며 살았다.

"라마스테."

나는 네팔 말을 모른다. 안녕이라고 인사하는 '라마스테' 한 단어밖에. 은행잎이 바람 따라 도르르 몰려가고 있다. 움직이는 건 바람과 은행잎이다. 새벽 5시 나는 영안실로 돌아왔다. 여자의 영정은 다시 웃고 있는 것 같다. 여자는 늘 웃었다. 갑자기 떠나는 바람에 영정 사진도 없었다. 아버지랑 함께 찍은 한 장뿐인 사진을 오려 확대했다. 사진 속 여자는 청순한 이십 대 그 모습 그대로 마냥 웃을 작정인가 보다. 네팔에서는 아무도 오지 않았다. 여자는 그렇게 이국땅에서 죽음을 맞이했다. 아버지는 아무 말을 하지 않았다. 현실이 도대체 믿어지질 않는 모양이었다. 아버지와 나, 몇몇 친구, 우리 친척들이 그녀의 마지막 길을 지켰다.

허이. 허이. 여자, 아니 내 새엄마의 영혼은 고국으로 돌아갔을까.

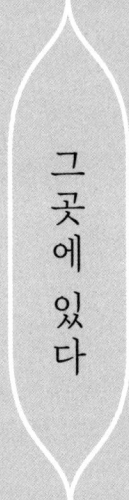

그곳에 있다

처음 그녀가 내게 전화를 걸어온 건 몇 개월 전쯤이다. 조금 다급하게 말했다.
"아라야, 어디냐. 학교는 안 갈 거야? 어제도 담임한테 전화 왔더라?"
목소리로 나이를 가늠할 수 없었지만, 간절함이 묻어 있는 축축한 음성이었다. 내가 스마트 폰을 바꾼 지 얼마 지나지 않아서다. 뉴스는 매일 아동학대를 무슨 과대광고처럼, 사회적 이슈로 문제화시켜 가고 있던 시기였다. 나는 "전화 잘못하셨습니다." 하고 상냥하게 말했다. 상대방은 내가 거짓말을 한다고 생각하는지 그러지 말고 집으로 돌아오라고 재촉했다. 난감하기도 했고, 호기심도 일었다. 잘못 걸려 온 전화를 스팸처리할 수 없었다. 초조한 마음을 가볍게 짓밟아 버리는 것 같았기 때문이다. 전화는 불규칙적으로 왔다. 전화가 잦아지자 슬며시 짜증이 났고, 신경질이 나기 시작했다. 그러자 그녀를 골려 줘야겠다는 생각이 들었다. 그때부터 적당히 얼버무리기도 하고 엉뚱한 대답을 하기도 했다. 상대방은 확신이 들었는지 무턱대고 집으로 돌아오라는 이야기만 반복했다. 나는 그녀에게 '아라'였다. 대화는 진전이 없었고, 그 자리에서 맴돌았다. 그녀는 진지했지만, 나는 시간이 갈수록 괜한 일에 참견했나 싶었다. 처음부터 냉정하게 처리 못 한 것이 후회스러웠다.

"네 동생 아름이도 집 나갔다. 어린 것이…."

전화 목소리가 귀에 익자 동정심까지 일었다. 나는 늦었지만 내 이름을 밝혔다. 그녀는 다 알고 있다고 했다. 도대체 뭘 다 알고 있는지.

"아라가 아니니 제발 전화 그만하라고…."

나는 간곡하고 정중하게 전화가 올 때마다 부탁했다. 내 진심이 받아들여졌는지 어느 날 기운이 쭉 빠진 목소리로 미안하다며, 자신은 아라 고모란다. 한동안 전화가 없었다. 전화가 없으면 시원할 줄 알았는데 그렇지 않았다. 오히려 아라가 돌아왔는지 궁금하기까지 했다. 이 무슨 황당한 심리

인지… 아라를 거의 잊고 있을 무렵 아라 담임이라는 사람이 전화했다. 그동안 아라라는 이름이 내게 익숙해 있었나 보다.

"아라가 아직 돌아오지 않았나 보네요. 선생님, 죄송하지만 저는 아라가 아니라 소비자입니다."

내가 아라가 아니라고 우겨 봐도 믿지 않으니 나도 어쩔 수 없는 노릇이다. 다시 호기심이 스멀스멀 피어올랐고, 개인적으로 무료하고 심심하기도 했다.

"고아라. 이놈의 자식. 이제 선생님한테 장난을 쳐. 너 한 달 이상 무단결석이면 퇴학인 거 알아 몰라!"

가끔 내 이름 때문에 황당해하는 사람이 있다는 사실을 나는 알고 있었다. 거짓말이 아니라고 말해도 장난이라니… 나는 정말 장난을 치고 싶었다.

"샘. 빈티 나지 않게 무리하지 마셔요. 후웃."

"이놈의 자식 이제 선생님을 놀려…. 이유 없어. 빨리 학교로 돌아와."

나는 그 순간 주제넘게 아름이라는 아라 동생이 집으로 돌아왔는지 궁금했다.

"샘. 아름이는 돌아왔나요?"

"너, 이놈의 자식. 아라가 맞네. 동생 가출도 알고 있고, 아름이 이름까지 알고 있으면서, 왜 거짓말을 해."

변명할 시간을 주지 않고, 아라 담임은 전화를 끊었다. 나는 서서히 약이 올랐다.

'다들 왜 이러지.' 나는 창가로 가서 바람 부는 거리를 내려다봤다.

장기 무단결석으로 퇴학 처분이 되었다고 아라 담임이 일방적으로 통보해 준 뒤, 아라를 찾는 전화는 더이상 오지 않았다. 전화가 없자 아라가 돌아왔는지 궁금해졌다. '전화해 볼까? 아니야 괜한 오해로 사건을 만들 거야.' 가끔 통화기록을 넘겨보며 마지막 통화 날짜를 보기도 했다. 며칠 후, 아라 고모가 다시 전화하기 시작하자 반갑기도 했고, 묘한 흥분이 어떤 기류처럼 고개를 들기 시작했다. 내 안에서 '잘만 이용한다면…' 그렇다고 무슨 음모를 꾸밀 만큼 나는 불량하지는 않다. 아라 고모는 아라가 미국에 가 있다고 했다가 서울에 있다고 했다. 뭔가 느낌이 왔다. '이건 뭐야! 공기가 달라. 이거, 재미있겠는데.' 나는 반사적으로 고개를 가로젓기도 한다. 어떤 게임을 시작하는 것처럼 신중 모드가 되었다가 가볍게 한번 놀아 볼까 싶기도 했다.

나는 고모가 없다. 고모라는 호칭은 이모만큼이나 친근감이 있는 단어다. '고모 고모' 하고 입술을 오므려 발음해 봤다. 나는 고모라는 호칭을 사용하기로 했다.

"그럼 그럼. 고모지. 내가 네 고모지."

이후 그녀는 정말 고모처럼 자연스럽고 스스럼없이 전화했다.

"산불 조심하라고 지금 방송하네. 마을에 스피크가 바로 우리 집 앞에 있어. 알지? 저것도 소음 공해야. 영 시끄러워. 누가 산에 간다고. 하여튼 정부에서 간섭이 많아. 시간만 되면 방송을 해대. 아침나절에도 마을 앞으로 버스 두 대가 서령산으로 가더마. 저 사람들한테 이야기하지, 우리한테만 저래. 봄철만 되면 저런다니까. 촌사람들 산에 갈 시간이 어디 있어. 지금도 비닐하우스 안 온도가 40도야. 다들 돈 한다고 저래. 몸뚱어리가 아파도 약 먹고 견뎌. 병원 갈 시간도 없제."

그녀는 다져둔 말을 실처럼 풀어내도 답답한지 가끔 "듣고 있제?" 하고 확인했다. 이야기를 듣고 있으면 그림이 풍경처럼 다가왔다 갔다.

"봄꽃이 다 폈어. 아라야 언제 올 거야. 매화꽃이 피더만 산구꽃, 참꽃이 다 폈다. 밥은 먹었냐?"

"빵 먹었어."

가끔은 나를 아라로 착각하는가 보았다.

한번은 목소리가 굵은 여자가 퉁명스럽게 전화를 걸어왔다. 아라 고모 동생이라고 밝힌 사람이 대뜸 이렇게 말했다.
"너 혹시 보이스핑 일당 아냐? 왜 혼자 사는 우리 언니한테 자꾸 접근하지. 촌에 있다고 아무것도 모르는 줄 알아. 더이상 전화하지 마! 그러잖아도 정신이 왔다 갔다 하는 사람한테 쓰잘데기 없이 전화해서 사람 마음을 혼란스럽게 해."
나는 가만히 있었다. '무슨 소리야. 내가 언제? 그쪽에서 먼저 전화해 놓고.' 그때 어떤 힌트가 주어지는 것처럼 '그래. 그럼, 어디 정말 혼란스럽게 만들어 줄까.' 하는 반발심이 고개를 쳐들었다.
"앞으로 전화하지 말어!"
일방적 명령이다.
"야가 지금 무슨 말을 씨부러쌌노. 내 전화 내 마음대로 하는데 니가 무슨…"
전화기 너머에서 그녀 목소리가 들렸다. 투둑. 전화가 끊겼다. 나는 전화기를 들고 생각했다. '이건 또 뭐야. 통화기록을 보고 전화한 건가. 아님 그녀가 내 이야기를 했는가. 그럼 나는 나쁜 사람인가. 착한 사람인가.' 잠깐 당황스러웠다. 그날 그녀가 다시 전화해서 말했다.
"니, 자 말 새겨듣지 마라. 엉뚱하기는…. 시샘이 나서 저런가 보다. 지가 내 맘을 알기나 해. 흥, 허튼소리 하고 있어. 아무도 몰라. 그럼, 모르고 말고지."

나는 동생은 갔느냐고 물었다.

"한소리 했더니, 그럼 잘 해보라고 하고 가네. 지가 언제 내 걱정했다고. 저런지 모르겠다. 너는 내 말만 들어. 나는 네가 고맙다. 말벗이 생겨 좋아. 전화라곤 보건소에서 예방접종 받아라 건강검진 받으러 내려오라는 것과 면에서 독거노인이라고 잘 지내냐고 안부 전화가 더러 와. 살았는지 죽었는지 확인하는 거지. 흐흐흐 아참, 쌀하고 고들빼기김치랑 몇 가지 택배로 보냈다. 빵 쪼가리 먹지 말고 밥해 먹어라."

나는 속으로 깜짝 놀랐다. 언젠가 주소를 알려 달라 했지만, 기억하고 있을 줄은 몰랐다. 나는 차분하게 "뭐하러…. 네. 아뇨. 건강하시죠?" 따위의 일상적인 말만 할 뿐이다. 그런데도 내 전화만 기다리는 사람 같다. 조금 갑갑하기도 하다. 택배를 받고 나서 전화했다.

"고모, 반찬 정말 맛있어. 밥 한 그릇 다 먹었어."

"잘했다. 내 또 보내 줄 테니, 밥 먹고 다녀?"

솔직히 나는 밥을 그다지 많이 해 먹는 편은 아니었다. 귀찮기도 했지만 반찬 만드는 일이 번거롭기도 했다. 가끔 밥이 먹고 싶을 때면 반찬 가게에 가서 사 먹는다. 그녀가 보내

준 쌀과 반찬이 있자 밥해 먹는 일이 잦았다. 쌀이 좋은지 밥에 윤기가 흘렀다. 고들빼기김치는 적당하게 익었고, 밑반찬은 원재료의 맛이 살아 있었다.

그즈음 내 주위 환경은 다시 불안했다. 이건 살아오면서 느낀 나만의 어떤 예감이다. 이제 막 안정을 찾으려 하는데….
회사 사정이 좋지 않았다. 물론 사장님 혼자 잘못은 아니다. 한 번도 월급을 미룬 적이 없다. 중소기업이지만, 그런대로 탄탄한 회사였다. 나는 대학을 중퇴하고 수많은 이력서를 썼다. 매번 떨어졌다. 월급도 적고 환경도 열악한 중소기업에 이력서를 들고 찾아갔을 때, 곧바로 면접을 봤었다. 면접 후 그 자리에서 내일부터 출근하라는 통보를 했다. 합격이라는 뭐 합격통지서 같은 것은 없었다.
그때 새로운 삶을 살겠다고 결심했다. 처음 독립을 선언했을 때 당장 필요한 것은 돈이었다. 쉽게 유혹에 빠졌다. 남을 속여야 내가 살 수 있었다. 누군가에게 상처가 된다는 사실을 뻔히 알지만, 나는 오직 매출을 올려야만 했다. 술에 취해 담벼락에 구토를 해대며, 비굴함도 모른 체하고, 인형처럼 로봇처럼 웃었다. 밤과 낮이 바뀐 생활은 그다지 행복하지 않았다. 물질 앞에서 내 정신은 갈기갈기 찢어지고 갈라졌다. 물로 과거를 씻을 수 없겠지만, 나는 기독교인이 물세례를 받고 다시 태어나는 의식을 행하듯 내게 그렇게 했다.

직장 생활은 오래가지 못했다. 어느 날 사장이 말했다.

"2013년 처음 개성공단이 정지되었을 때, 그때는 그래도 완제품을 실을 수 있는 한 모두 신고 나왔지. 이번엔 달라 아무것도 가지고 나오지 못했어. 미안, 미안. 다시 이런 사태가 올 줄 아무도 몰랐지."

사장은 더이상 월급을 줄 수 없는 상황을 설명했다. 며칠만 기다리라고…. 대출해서라도 꼭 주겠다고, 약속했다. 이 상황을 어떻게 받아들일까. 누구의 잘못인가. 사장의 잘못인가. 국가의 잘못인가? 한동안 답 없는 답을 찾겠다고 버둥거렸다.

직장을 잃고 갈 곳은 없었다. 반듯하게 누워 천장을 바라보는 시체 놀이 시간이 많아졌다. 삶은 무기력해져 가고 있었다. 아무도 만나고 싶지 않았다. 그녀와 통화 시간만 점점 길어졌다. 부담이 없었고, 무어라 탓하지 않았다. 정말 고모보다 더 고모같이 살뜰하게 챙겨주었다. 말하는 것 자체로 위로가 되었다. 차츰 편안했고, 알 수 없는 끌림이 있었다. 사람의 정이 느껴졌다. 이상했다. 전혀 모르는 사람과 잘못된 전화가 이렇게 빨리 현실의 도피처처럼, 안식처같이 따뜻함을 느끼다니…. 알 수 없다.

직장을 잃은 것이 내 잘못이 아닌데, 아는 사람을 만나 이야기하는 것 자체가 싫었다. 엄마가 있는 집에는 더욱 가기 싫다.

나도 새아빠가 아닌 내 아버지가 주는 등록금으로 대학을 다녔다면, 어쩌면 졸업을 했을지도 모른다. 눈치를 주지 않았지만, 나는 눈치를 봤다. 아빠랑 엄마가 자주 싸울 때마다 그 중심에 내가 있다는 사실을 알았다. 아빠는 버릇처럼 말했다.

"네 딸 밑에 들어간 돈이 얼마인데…."

엄마는 아무 말도 못 했다. 유학할 때 들어간 학비를 이야기하고 있다. 치사하다. 아빠는 더이상 내 아빠가 아니었다. 엄마 남편일 뿐이다. 엄마 곁을 떠나야 했다. 그것이 엄마를 돕는 것이라 믿었다. 그 길로 집을 나와 버렸다.

나는 혼자 걷고 혼자 밥 먹고 혼자 잠을 잤다.

사장은 일이 잘 풀리면 꼭 부르겠다고 했다. 믿고 싶었다. 그것은 여전히 희망이 존재한다는 의미였다. 시간이 가면서 불안했다. 한 달 두 달은 그동안 모아둔 것으로 버틸 수 있었다. 속에 말이라도 뱉어내고 싶으면 그녀와 하니에게(내가 키우는 개 이름)했다. 하니는 가끔 고개를 갸웃거리며 나를 빤히 바라보며 신중하게 듣는 것 같았다. 그놈은 다 듣고는 멀뚱거리다 캉캉 짖을 뿐 어떤 대답도 해 주지 않았다.

나는 그녀에게 아무것이나 지껄이곤 했다. 하니가 똥을 쌌고, 아침에 칫솔 거품이 입안에서 파박파박 터질 때까지 입을 벌리고 있었더니, 치약 향이 콧구멍을 지나 목으로 넘어가 위를 지나 소장 대장을 거쳐 항문으로 퐁하고 나왔다고 빠르게 말했다. 전화기에서 크크크 하더니 닭똥은 더 더러워. 개는 늘 닭을 쫓아. 짐승들은 할 수 없어.

"뭐라고?"

우리는 제각기 자기 할 말들만 했다.

"앞집 개가 오늘도 닭 모이 다 먹어치웠어. 개새끼가 얼마나 영리한지 내 발걸음 소리를 기차게 알아들어. 저 봐 저놈이 또 대문 앞에서 알짱거려."

전화기를 들고 달리는지 음량이 불규칙했다.

"이놈의 자식 저리 안 가! 돌을 맞아야 정신을 차리지. 응."

숨이 차는지 헉헉거리는 소리가 들려왔다.

나는 목소리로 개를 쫓는 행동을 상상했다. 펄럭이는 바지가 출렁거리고, 놀란 개가 바람을 가르며 달린다. 언젠가는 뭘 잘못 먹었는지 배가 살살 아프다고 했고, 감기가 오려나

콧물이 좔좔 흐른다고도 했다. 나는 약국에서 콧물 기침약과 타이레놀 같은 상비약을 조금 보내줬다.

"지금까지 살아오면서 아무에게도 이런 것을 받아보지 못했는데… 크크." 하는 소리가 들리더니 코를 푸는 소리가 전파를 타고 와서 내 귀에 부딪혔다. 그녀는 내가 미안할 정도로 감격했다.

아르바이트라도 해야 할 것 같은 조급함이 밀려왔지만, 아무것도 하지 않았다. 방 안에만 있었다. 한동안 혼자 있고 싶었다. 그때 로즈 아줌마에게서 전화가 왔다. 한국에 왔다는 것이다. 정말 반가웠지만, 나는 망설였다. 하필이면 왜 이 시기에 왔는지? 로즈 아줌마는 내가 캐나다 단기 유학을 갔을 때 만났다.

아르바이트한 급여가 든 지갑을 잃어버렸었다. 당황하니까 영어 발음도 제대로 나오지 않았다. 거리에서 버스 요금을 구걸했다. 그 누구도 선뜻 2달러를 주지 않았다. 어떻게 집에 갈까 그 생각만 했다. "플리즈 헬프 미Please help me~."를 절실하게 외쳐 보기는 처음이었다. 창피하다는 생각은 들지 않았다.

"제발 좀 도와줘. 이 새끼들아."

불특정 다수를 향해 나는 한국말로 소리를 지르기도 했다. 로즈 아줌마는 노점상이었다. 2달러를 주며 "넌 소중한 사람이야. 너 자신을 믿어. 분명히 훌륭한 사람이 될 거야." 했다.

로즈가 말한 소중한 사람도 훌륭한 사람도 아직 되지 못했다. 로즈를 근사하게 대접하고 싶었다. 그러나 현실은 만 원짜리 지폐 하나도 아껴야 했다. 그렇다고 로즈를 만나지 않는다면 또 예의가 아니다. 나는 전화기를 들고 생각했다. 안국동 문화거리 쇼핑과 일시적으로 야간 개방하는 경복궁을 가면 되겠다. 오케이. 약속 시간과 장소를 정했다. 모처럼 나들이였다. 거리에 사람은 여전히 발걸음이 바빴고 활기찼다. '오늘 마음은 부자처럼 살자.' 몇 년 만에 보는 로즈는 살이 약간 빠진 것 외에는 변함이 없다. 여전히 활달했고, 여전히 잘 웃었다. 로즈는 한국적인 인형, 탈, 반짇고리 등에 관심을 보였다. 나는 작은 효자손을 사서 선물했다. 효자손을 들고 등을 긁는 모습을 보이자 로즈는 재미있다는 듯 깔깔 웃었다. 나는 그녀를 만나고 돌아오면서, 이제 무언가 정리해야 할 시간이 다가왔다는 것을 확신했다. 정리가 있어야 새로운 것을 시작할 수 있을 것 같았다. 무슨 절차를 밟는 것은 아니지만, 필요했다.

매월 들어가는 월세부터 줄여야 했고, 방안의 자질구레한 물건들을 정리하는 일이 갑자기 급했다.

방 안의 물건은 이사용 캐리어 하나도 채 되지 않았다. 가방을 들고 옥탑방에서 이제 도시 변두리 지하방이나 아니면 고시촌 쪽방으로 가야 했다.

하니가 쪼르르 달려와 품으로 파고든다. 하니에게 사료를 조금 준다. 사료를 넉넉히 줄 수 없다. 사료를 살 수 없으면 유기견 센터나 누구에게 줘야 했다. 하니의 등을 쓰다듬으며 이별을 준비해야 한다고 생각했다. 퇴근하면 반갑게 맞아 주던 하니였다. 요즈음 하니 등을 쓰다듬는 시간이 많아졌다. 너석은 함께하는 시간이 많아서 좋은지 내 품을 떠나지 않는다.

옥탑방인 이 방에 이사 올 때의 꿈과 기쁨은 접고 지금은 가지고 온 물건 몇 개와 초라함만 남았다. 정치와 상관없이 그저 주어진 환경에 충실히 살고 싶었는데…. 이제 어디로 가야 하나. 이렇게 빨리 다시 거리를 헤매고, 뭇 남자를 유혹하고 사람을 속이면서 지갑을 채워야 하나? 처음엔 '될 대로 되라지.' 했던 어떤 소극적인 계획이나 희망도 이제는 없어졌다. 그때는 배짱이라도 있었다. 시간이 지나면서 수입이 없자 사람이 참 비굴해진다는 생각이 든다.

하니를 보며 그 생각을 했다. 나는 전화기 버튼을 꾹꾹 눌렀다.

"혹시, 개똥 치울 줄 아세요?"

나는 내게 있던 것들을 떼어놓고 싶었다. 먼저 생명체인 하니였다.

"크륵크륵. 야는 말 같잖은 말을 해. 전에 개 키웠어. 우리 도꾸는 밥도 엄청 잘 먹고 울음소리도 크고 참 잘 생겼었지. 똥줄기도 엄청 굵고. 가끔 그놈이 생각나? 그걸 남동생이 잡아먹었다니까. 나쁜 놈. 고놈은 내가 좋아하는 것만 없애 버리려고 해. 지를 못 알아보고 올 때마다 짖는다고…. 하기사 그놈이 사온 도꾸였지. 남은 밥이나 먹이면 되고, 개라도 키우면 든든하다고 지랄하더니, 지 보양하겠다고 그걸…."

"제가 예쁘게 똥 싸는 개 한 마리 드릴까요?"

"개가 어디 있어. 키우고 싶지. 심심하지도 않고…."

'이놈을 택배로 부칠까. 개를 택배로 부치면 죽겠지. 숨구멍을 만들어 줄까.' 어떻게 보낼까. 내 고민이 깊어졌다. 나는 전화기를 들고 그 생각에 골몰하고 있었다. 아무에게나 쓰던 물건을 주는 것같이 하니를 주고 싶지는 않았다. 하니는 영리하고 똑똑했다. 아마 누구에게든 위로가 되어줄 것이고, 기쁨이 될 것이며, 언제나 옆에 있어 줄 것이다.

일단 그렇게 대화를 열어 놓자 그녀는 아무에게나 또는 아무에게도 하지 않으면 안되겠는지, 고양이가 헛간에다 똥을 싸고 묻고 갔다는 이야기를 했다.
"고양이 고놈은 영 깨끗한 놈이야. 지 뒤처리를 야무지게 해 놓고 가잖어."
나는 시큰둥하다. 솔직히 그냥 수화기를 들고 있을 뿐이다. 가끔 '네. 네.'가 내 대답의 전부였다.
그때 그녀가 깜짝 놀랄 말을 했다.
"여기 놀러와. 빈말 아니다."
상비약을 보낼 때 쓴 주소를 찾았다. 주소는 핸드폰 메모난에 얌전하게 저장되어 있다.
'그래 내가 가면 되잖아.'
나는 하니를 이동 애견 집에 넣었다. 외출하는 것을 눈치챘는지 하니가 좋아서 온몸을 흔들어댔다. 오랜만의 외출이다. 그녀에게는 말하지 않았다. 하니만 슬쩍 두고 돌아올 작정이었다.
낯선 곳을 찾아간다는 설렘은 여행만큼 생기를 주었고, 나른함에서 회복시켜주는 비타민 같은 촉매 역할을 했다. 하늘이 저렇게 넓다는 것을 처음 보는 사람처럼 나는 버스에서 내려 하늘을 오래도록 쳐다봤다. 구름 한 점 없다. 세상은 웅크리고 있든 분주하게 움직이든, 사람에 따라 생각에 따라 다르게 반응하고 적응하게 한다.

　언젠가 그녀가 일러준 대로 갔다. 인영리 가는 버스는 하루에 세 번 있다. 버스 출발 시간은 한 시간 이상 기다려야 했다. 정류장 맞은편에 생명 문화 축제라는 현수막이 크게 걸려 있었다. 소도시를 거닐었다. 노랗게 잘 익고, 잘 생긴 참외 포스터가 거리와 벽에 붙어 있었다.

　노랗게 잘 익은 참외를 보자 낳아준 아버지가 생각났다. 아버지는 참외를 무척 좋아했다. 얼음물에 담가 두었다가 과도로 길게 껍질을 깎았다. 그걸 도마에 놓지 않고 손에 쥐고 바람개비처럼 돌려가며 잘라 주었다. 입을 벌리고 기다렸던 어린 내 모습을 이곳에서 떠올리게 될 줄 몰랐다.

　길을 따라 걸으며 길을 잃지 않기 위해 간판과 관공서 이름을 차례로 익혀 두었다. 하니가 낑낑거렸다. 녀석도 바깥 풍경이 궁금한가 보았다. 얼마나 걸었을까. 어디선가 축제를 알리는 음악 소리가 들린다. 무료 시식 코너에 들려 아삭하고 달콤한 참외를 맛보았다. 달았다.

　나는 팸플릿을 받아들고 읽어 내려갔다. 세종대왕의 왕자와 왕세손의 태를 묻어 둔 곳. 태실이 가까이 있다. 생명의 탄생은 탯줄을 끊는 순간 독립된 삶의 출발이 아니던가. 왕가의 역사가 보일 듯 손에 잡힐 듯했다. 생명이 있는 모든 것은 소중하다는 사실을 새삼 일깨워주는 축제였다. 시계를 보니 버스 출발 시간이 가까이 왔다.

그녀의 모습을 상상한다. 목소리로 알 수 없지만, 내가 알고 있는 것은 그녀의 실체 없는 목소리뿐이다. 목소리를 구심점으로 얼굴의 크기를 가늠하고 키를 몸무게를 가늠해 본다. 얼굴은 넓고 둥글고 몸은 가냘프겠다. 커다랗고 둥근 모자를 씌고, 주름이 자글자글한 검은 얼굴로 활짝 웃고 있다. 아직 앞니가 가지런하다. 그녀의 말소리가 그렇게 상상하게 했다.

버스 뒷좌석에 앉았다. 축제를 다녀오는지 사람들이 제법 붐볐다. 버스가 출발하자 보라색 모자를 쓴 아줌마가 말했다.

"자네는 소비자를 아는가?"

"……"

나는 깜짝 놀랐다. 내 이름을 어떻게! 귀를 기울였다.

"아침 댓바람에 전화가 왔어. 여자야. 자기가 소비자라 하데. 아무리 생각해 봐도 소비자가 누군지 모르겠어. 나는 우리 집 인간이 어제 외상술 처먹었구나 직감했지. 저 인간은 술 하고 뭔 친분이 깊은지 날마다 한잔해야 하거든."

"그래, 어째. 술집 여자 맞아?"

모자를 쓴 여자가 꾹꾹 웃었다. 나는 귀를 바짝 세운다.

"나는 소비자가 누군지 모른다고 전화 잘못했다고 시치미를 뗐지. 그랬더니 뭔 안달 난 여자처럼 우리 집 인간 이름을 막대더라. 소비자가 누꼬 하면서 바꿔주고 옆에 딱 서 있었지. 이 인간 내 눈치를 슬슬 보며 전화받더니 무릎까지 꿇고 앉아 극존칭을 써가며 네 네 하는 기라. 내가 아래위로 눈을 부릅떴어. 하. 전화 끊은 인간이 나를 한심한 눈으로 바라보며 흥, 소비자도 몰라. 소. 비. 자. 참외 소비자. 하하하. 어이구. 바보야. 이러네."

나는 깔깔 웃었다. 두 여자가 갑자기 나를 돌아봤다. 나는 웃음을 딱 거두고 창밖으로 얼른 고개를 돌렸다.

길가 표지판에 세종대왕 태실 5Km라는 안내가 목적지 가까이 왔음을 알렸다. 버스에 혼자 남았다. 하니 등을 자꾸만 쓰다듬었다.

'인영리 34-2'

나는 그녀 일과를 다 알고 있다. 결단코 한 번도 묻지 않았다. 안으로 들어갔다. 하니를 마루에 내려놓았다. 배가 고팠다. 식탁 위에 밥상이 차려져 있다. 밥을 허겁지겁 먹었다. 마치 오랜만에 내 집에 온 것처럼 태연하게. 하니가 낯선 환경이 재미있는지 큰방과 마루와 뜨락을 왔다 갔다 했다.

　나는 싱크대문을 열어보고 서랍을 열어봤다. 서랍 속에 흰 봉투가 있었다. 무심코 열어 보았는데 오만원권 지폐가 가득 들어 있었다. 눈이 번쩍 띄었다. 일부를 꺼내 가방에 넣고, 하니를 큰 방에 넣어 두고 급히 집을 나왔다. 마을은 조용했다. 길을 따라 걸었다. 얼마쯤 걸었을까. 간이 버스정류장이 보였다. 잠시 우두커니 앉아 있으니까 기적같이 버스가 내 앞에 멈추었다. 버스를 탔다. '내가 다시… 아냐, 고모 것이니까. 나중에 갚으면 될 거야. 아니야 지금이라도 돌아갈까.' 나는 버스에서 내려 돌아가지 않았다. 눈을 감았다. 하니가 떠올랐다.

　녀석은 내가 잠깐 나갔다 오리라 생각하고 문을 뚫어져라 바라만 보고 있을 테지. 그녀가 떠올랐다. 먹어치운 밥상이 생각났다.

　폰을 진동으로 돌렸다. 후회가 밀려왔다. 늦었다. 나는 카페에서 커피를 마시고 있었다. 어디선가 타탁타탁 하는 소리가 들려 고개를 돌렸다. 내 또래 한 여자가 노트북에 뭔가를 쓰고 있었다. '치, 한국에 롤링 나오시겠네.'

창밖을 바라보다 커피잔을 만지작거렸고, 다시 물을 한 모금 마셨다. 폰 액정에 시계를 봤다. 지금쯤 아라 고모가 집으로 돌아올 시간이다. 몇 분 후 탁자 위에 올려 둔 폰이 바르르 떨었다.

"아라야. 니 왔다 갔나? 우리 집에 웬 강아지 새끼 한 마리가 와 있어서…."

하니가 작으니까 새끼인 줄 알고 있다.

"왔으면, 저녁 먹고 하루 자고 가지 않고…. 그래 가면, 우짜노."

역시 친근감 있는 목소리다. 나는 아무 말도 않고 가만히 듣고만 있었다.

"아라야. 밥솥에 밥 있고, 냉장고에 찬도 있는데 뭘 좀 먹고…."

빈 반찬통이 식탁 위에 그대로 있을 텐데도 짐짓 모르는 척하는 것인지 인사치레인지 모르겠다. 나는 이쯤에서 내 이름을 한 번 더 밝혔다.

"고모, 저는 아라가 아니라 소비자라니까!"

"소비자나 아라나 그게 무슨 상관이야."

"지난번에 말한 하니에요. 이쁘지요?"

"이거 똥개 아니잖아. 난 이런 개는 키워본 적이 없어. 집을 지킬 큰 개가 필요한 거지. 짖는 소리가 크고 우렁차야 한단 말이지. 요놈은 등치를 보니 뭐 캉캉은커녕 깡깡 소리도 못 내겠는걸. 이름이 뭐야. 하니라 했나? 하나라 했나? 이제부터 도꾸야. 우리 집에 온 개 이름은 다 도꾸야."

나는 웃었다. 아마 도그dog라는 발음을 잘못 말한 게 아닐까 생각했다. 다행이다.

"도꾸 밥은 사료만 주냐? 먹다 남은 밥은 안 먹냐? 이놈 새끼가 노인이 먹다가 준 것이라고 안 먹는 것은 아니지?"

"고모, 사료만 주세요. 마루 옆에 사료 포대 있죠?"

"비싼 것만 처먹을라 해."

나는 그녀가 사료를 아끼려고, 토종개처럼 먹다 남은 밥을 준 것이라 짐작했다. 밥그릇을 보고 멀뚱히 앉은 하니랑 밥을 먹으려고 애쓰는 그녀의 모습이 눈에 보이는 듯했다.

"입맛이 좀 까다로워!"

"그래 봤자 지놈만 손해야."

나는 그녀에게서 훔친 돈으로 차를 마시고 밥을 사 먹었다. 다시 방을 구하러 다니기 시작했고, 내 능력에 맞는 방은 구하지 못했다. 거의 월세라 수입이 없는 나는 들어갈 수 없었다. 지하철역에서 사람들을 바라보았다. 모두가 바쁜 걸음이다. 발걸음 소리가 저벅저벅 울릴 때마다 주춤주춤 뒤로 물러났다. 나는 이 무리에서 패배자인가. 서글펐다.

엄마가 보고 싶었지만, 갈 수 없다. 유학 시절이 그나마 행복했고, 유일한 추억이었고, 희망이 있었던 시절이다.

그녀 집과 마을이 어른거렸고, 마을 중심으로 흐르던 도랑의 물소리와 고목나무에 무성하던 잎이 그림처럼 스쳐지나갔다. 아버지가 손짓한다. 밀짚모자를 쓰고 앉아 참외를 깎아 건넨다. 어쩌면 아버지가 그곳에 있을 것만 같다. 그녀도, 하니도 그곳에 있다. 조용한 마을 담장 너머로 라일락 향기가 넘나들고, 마당에 닭이 퍼덕이던 정경이 동양화처럼 소박했다. 그곳이 내게 새로운 방향을 제시하는 것 같았다.

그녀가 단체로 남해 놀러 간다는 것을 알았을 때, 나는 하니를 찾아갔다. 하니가 방안에 웅크리고 있다가 나를 보고 반가워 어쩔 줄 모른다. 부엌에 상보에 덮어둔 밥상이 얌전히 있다. 상보를 들치자 각종 나물 반찬이 소담하게 차려 있다. '내가 오는 줄 알았나?' 그녀는 언제나 밥상을 차려 둔다. 잠깐, 누구의 밥상인가 생각하다 나는 밥솥에서 밥을 퍼서 우석우석 먹는다. 냉장고를 열었다. 노란 참외가 야채 통 가득 들어 있다. 참외를 와작와작 씹으며 서랍 속 봉투를 열었다.

여전히 직장 구하기란 쉽지 않다. 아르바이트 자리도 없다. 안산이나 용인, 어디로 갈까. 내 머릿속엔 이사로 가득 차 있다. 길을 가다가도 보지 않으려 해도 보이는 것은 아파트와 빌딩이다. 외면하면 할수록 눈앞에 나타났다. 꼭 여기에 있어야 할 이유가 뭐지? 나는 수없이 내게 질문했다. 질문은 메아리 없이 내게로 돌아왔다.

나는 다시 그녀를 생각했다. 한동안 연락이 없다. 돈을 가지고 간 것을 알았을까. 아무도 보지 않았고, 아무도 만나지 않았지만, 나는 내 행동을 알고 있다. 아니 하니도 내 행동을 봤다. 그렇다고 하니가 일러바칠 일은 없다. 완벽하다. 내가 말하지 않으면 그만이다. 가지고 온 지폐를 세어 봤다.

며칠 만에 전화가 왔다.

"참외 부쳐줄게. 니 참외 좋아하잖아?"

나는 말할 수 없었다. 냉장고에 있는 참외를 몇 개 먹고, 그리고 가방에 몇 개를 넣어 왔다고.

"이사는 했어? 주소 말해."

종이를 찾는지 부스럭대는 소리가 났다.

"됐어. 말해라."

나는 뜨끔해서 더듬거렸다. '혹, 경찰이 옆에 있는 거 아닐까.'

"고모. 뭐하러, 힘들게."

"힘은 무슨. 택배가 있는데…."

끈질기게 주소를 물어본다. 나는 하니는 뭐하냐고 화제를 돌려봤다. 소용없었다. 오직 내 주소만 필요한 모양이다. '고백해 버릴까. 아니야 끝까지 모르쇠 하는 거야. 아무도 본 사람이 없어.' 한참을 머뭇거리자 이렇게 말했다.

"그럼, 언제 올 거야. 한번 다녀가거라. 저게 불쌍해. 내 쳐다보고 니 보고 싶다고 맨날 끄응끄응 조른다. 밖에 나가서 돌아댕기면서 바람도 좀 쐬고 하면 좋을 걸. 저놈의 새끼는 방에만 있을라고 해…."

하품을 길게 했다.

"새벽 일찍 참외 따러 갔다 왔응께 하품이 다 나네. 아이구 낮잠이나 한숨 자야겠다."

다시 말했다.

"촌에는 요즈음 일손이 달려. 나 같은 손도 놀 시간이 없어. 한철 참외지."

나는 알았다. 그녀가 정말 피곤하다는 것과 나를 의심하지 않는다는 사실을.

"아직 방 구하지 못했어."

택배가 왔다. 나는 자연스럽게 변해갔다. '고모니까 보내

주는 거야. 당연하지. 공짜가 어디 있어. 난 말벗이 되어 준 대가를 받는 거야.'

그사이 녹슨 대문 위로 분홍색 장미가 소담스럽게 피어 있었다. 시간과 공간이 작품 하나를 만들어 놓았다. 모든 것이 낯설지 않다. 하니가 달려 나온다. 나는 안으로 들어가 밥상 앞에 앉는다.

할머니가 친정에 왔다. 이 말은 거짓이다. 할머니 친정은 아버지 외가인데, 아버지가 호주戶主인 우리 집으로 할머니가 왔으니 본가라고 해야 하나? 아버지의 외가는 내게 진외가다. 그것이 공식적이다. 공식公式은 사회적으로 인정된 그 자체가 아니던가. 그런데 할머니에게는 공식적으로 친정이 없다. 그렇다면 할머니가 시집온 우리 집에서 다시 시집을 갔으니 할머니의 친정이 우리 집이어야 하나? 나는 쓸데없는 공식에 골몰하고 있었다. 할머니 나이 팔십둘에 시집을 갔으니 뭐 복잡하기도 하다.

할머니를 한 달 만에 보는데, 시간은 몇 년을 지나가듯 더디게 흘러갔다. 할머니가 없는 집은 고요하고 허전했다. 할머니가 사용하던 노란 공간은 마치 뻥 뚫린 터널처럼 후련하면서도 불안정했고 외로웠다. 나는 할머니가 쓰던 방의 먼지까지 고스란히 간직하고 싶었다. 먼지는 할머니의 살비듬처럼 하얗게 쌓여 갔다.

할머니 방을 열고 들어가면 작자 미상의 그림 한 점이 벽에 걸려 있다. 소녀가 마치 꿈을 꾸듯, 누군가를 기다리듯, 그렇게 먼 곳을 바라보고 있다. 할머니의 소녀 시절일까. 할머니는 그림을 쳐다보며 무슨 생각을 했을까? 상상은 풀린 나사처럼 막막하다. 그림은 막막함을 풀어내는 열쇠 같다. 나는 그림 앞에 서서 한참 동안 소녀를 바라보며 할머니를 생각했고, 내 소녀 시절을 생각했다. 그림은 묘하게 무언가를 끊임없이 끌어올리고 있었다. 그림의 소녀는 르누아르 그림 속에 등장하는 인물과 비슷했다. 부드러운 곡선과 풍성한 옷이 그랬다. 연필로 그린 그림은 여백의 안정감을 최대한 살리면서 얼굴선을 따라 청순함이 묻어났다. 나는 그림을 처음 보는 듯 "하" 하고 감탄했다. 그림의 소녀를 쳐다볼 때마다 보이지 않는 시간의 단위 저 먼 어딘가에 있을 그 현재에 일어난 일들을 들여다보는 즐거움이 저릿하게 다가왔다. 한참 동안 그림을 보다가 문득 '할머니다'라는 확신이 섰다. 그렇게 생각하자 그림이 더욱 할머니를 닮아 있는 것 같기도 했다. 그림 속 소녀에 대해 아니 그림에 대해 한 번도 할머니에게 물어보지 않았다는 사실이 바로 그때 떠올랐다. 할머니가 그 방에서 떠난 시점에, 궁금증은 마중물처럼 현실을 끌어올렸다. 작은 창으로 들어온 햇빛이 방바닥에 길게 엎드려 있다. 꼭 할머니 키만큼이다. 창에는 빗방울 자국이 빗금처럼 무늬를 새겨 놓았다. 창문을 열고 손을 밖으로 내밀어 빗방울 흔적을 지웠다. 내 손가락에 먼지가 뿌옇게 묻어났다. 나는 그 유리 위에다 할머니 방이라고 적어 보았다. 글씨는 얼룩을 따라 이어졌다가 사라지고 다시 이어졌다. 먼지 묻은 손가락에 힘을 실어 이혼 후 두고 온 아들 이름을 썼다. 울컥, 감정이 목구멍을 타고 빗살처럼 올라왔다. 어린 아들이 방문을 열고 "엄마" 하고 달려올 것 같다. 웃음소리와 함께 아이가 달려온다. 나는 귀를 두 손으로 움켜쥔다. 이명처럼 내 아이 웃음소리는 고통을 동반하고 가슴을 할퀴고 지나간다. 텅 빈 공간을 향해 소리치며 방에서 뛰쳐나왔다.

  그때 마침 할머니가 현관으로 들어왔다. 할머니는 내가 현관문 소리에 반가워 밖으로 뛰어나온 것으로 알았는지 두 팔을 쭉 뻗어 나를 안으려는 자세를 취했다. 키가 작은 할머니는 내 허리를 안았다. 나는 허리를 굽혀 할머니 어깨를 두 팔로 힘껏 감쌌다. 바스러질 것 같은 몸이다. 지금까지 한 번도 느껴보지 않은 연민이 가슴을 치고 올라왔다. 그것은 애 틋한 감정이 실핏줄까지 전달되는 감각이었다. 뒤섞여진 실체 너머로 할머니 얼굴이 내 가슴에 묻혔다. 할머니는 나를 떠밀어내었다.

"원, 숨도 못 쉬겠구나."

나는 다시 한 번 할머니를 안았다. 조금 과장된 몸짓이었다. 할머니 뒤에 서 있는 노인을 의식한 계산이었다. 할머니 몸에서 사과 향이 났다. 노인이 선물한 비비웍스 컨츄리애플을 뿌렸나 보다.

할머니가 변하기 시작한 건 D시에서 찾아온 그 노인을 만난 후였다. 메리야스 차림으로 앉은뱅이 거울 앞에 앉아 있는 시간이 길었다. 메리야스 속 젖은 탄력을 잃고 아래로 축 늘어져 있다. 나는 할머니 가슴 아래 기형적인 네 개의 젖꼭지가 더 있다는 사실을 기억해 냈다. 그것은 마치 암퇘지 젖꼭지처럼 붙어 있었다. 정상적인 젖 아래로 진화하지 않는 상태로 있는 젖꼭지가 희미하게 보였다. 노인과 할머니가 벗은 채 희미한 불빛 아래 드러누운 것을 상상한다. 젖꼭지를 더듬는 손이 순간 멈칫거린다. 노인의 야윈 손이 다시 할머니 가슴께로 올라간다. 쿡 웃음이 났다. 할머니는 거울 속 자신의 모습을 살피다 얼굴의 주름을 한 번 당겨보고 목의 주름도 위로 쓸어 올려본다. 내 웃음에 놀란 듯 돌아보며 머쓱한 표정을 짓는다. 그리고 소녀처럼 틀니를 하얗게 드러냈다. 탄력 잃은 피부는 계절 지난 사과 껍질처럼 자글자글한 주름을 얹고 있다. 저 나이에 주름살은 어떤 의미로 다가올까.

할머니는 건강관리에 철저했다. 아침 다섯 시면 시곗바늘처럼 정확하게 일어나 간단한 스트레칭을 하고 아침 산책을 했다. 먹는 것도 철저히 소식이다. 견과류와 야채와 과일을 오도독 오도독 소리가 나도록 씹어 먹는다. 나는 그 소리가 징그럽다. 하루는 "할머니는 백수 하고도 남을 거야."라고 혼자 웅얼거렸다. 그런데 용케 알아들은 할머니는 노려보며 "네 넌 때문에라도 백 살 넘게 살아야겠다."라고 했다. 나는 뜨끔했다. 솔직히 할머니가 오래 사는 것은 할머니 운명이다. 그렇다고 해도 할머니가 늙은 몸뚱어리를 헌신적으로 보호하고 가꾸는 모습은 자기 애착을 넘어서고 있다. 밖에 나갔다가 오면 하얀 팩을 바르고 반듯이 누워 있는 모습은 꼴사나웠다. 화장품 값만 해도 아이 간식 값보다 훨씬 많이 들어가겠다. 나는 중얼거리며 아무리 그래도 저 주름은 지울 수 없을 거야. 나이를 지울 수 없듯이….

할머니는 젊은 나를 이해 못 하겠다는 듯 쳐다보곤 했다. 게을러서 어디에도 쓸 곳이 없는 년이라고. 내 아침잠을 탓하는 것이다. 일찍 일어나 봐야 할 일이 없다. 할 일이 없다는 표현은 은밀히 말해 하고 싶은 일이 없다는 것이다. 손가락 몇 개의 수고만 있으면 할 수 있는 세탁물이 세탁기 안에 쌓여 가고 있다. 습기 먹은 세탁물에 푸른곰팡이가 얼룩을 따라 무늬를 그려도 내 무기력한 몸은 느긋하기만 했다. 오늘이 어제처럼 지루한 나날이다. 나는 누워서 소리를 지르곤 했다.

"관심 좀 꺼줘."

"네 년을 보면 내가 숨이 막힌다. 젊은 것이 집에만 틀어 앉아… 쯧쯧."

그럴 때마다 나는 이불을 당겨 머리 위까지 덮었다.

아침부터 쏟아내는 잔소리에 면역이 생긴 탓일까. 세숫물 양이 많다는 것과 머리를 매일 감는 이유. 치약은 끝을 눌러 사용하라는 것과 화장실 신발은 세워 놓아라… 등등. 반복적이고 연속적인 말이 일상어처럼 들린다. 가만히 보니 잔소리 하는 것에도 등급이 있다. 그렇게 하고 싶은 말이 많을까. 나는 할머니 말을 아예 무시한다.

할머니는 노인을 만나고부터 부쩍 잔소리도 비례해서 늘

었다. 기운이 죄다 입으로 몰려 온 것 같다. 유난히 깔끔을 떨고 자기애착증이 심해갔다. 내가 보기에 대단한 공주병이다. 계란 한 판 옮기는 일에도 나를 불렀고, 혼자서 잘하던 머리 염색도 내게 시켰다. 할머니 방에서 피부 관리실 티켓을 보고 나는 놀랐다. 늙은이가 피부관리실 티켓이라니…. 어쩐지 그 즈음 피부에 윤기가 돌았다. 나는 단순히 그 노인 때문에 엔돌핀이 솟아나서 그런 줄 알았다. 피부관리사 앞에 누워 있는 할머니가 떠올랐다. 쭈글쭈글하고 여윈 몸뚱어리를 눕히고, 아마도 십 년만 젊었으면 했을 것이다. 집에서도 늘 그랬으니까. 관리사의 부드러운 손길이 할머니 주름살을 지나갈 때, 다림질한 옷처럼 팽팽하게 펴지는 기적이 일어나길 바랐는지 모른다. 나는 할머니의 피부관리실 티켓을 보며 내 얼굴을 거울에 비춰 봤다. 아직 사십도 안 된 피부가 아래로 축 처져 있다. 다크써클이 코언저리까지 내려와 있고, 눈가 주름이 깊이를 더해가고 있다. "젊은 것이." 할머니 말 속에는 젊은 것이 저렇게 자기관리를 하지 않고라든지 젊은 것이 저렇게 생각이 없어서야 등을 포함하고 있을 것이다.

  이런저런 이유로 할머니와 싸움은 습관처럼 돼버렸다. 그것은 만성적인 두통처럼 찾아왔다. 할머니가 결혼하면서 나는 내 만성적인 두통이 해결되는 기쁨을 누릴 줄 알았다. 그런데 허전하다 못해 할머니가 그리운 날이 많았다.

노인을 미처 보지 못한 것처럼 나는 그를 향해 말했다.
"어머! 어서 오셔요. 멋쟁이 할아버지."
나는 최대한 공손한 태도와 말로 노인을 대했다. 내 태도에 놀란 듯, 할머니가 머쓱한 표정으로 나를 바라봤다. 노인은 아이보리색 정장에 푸른색 나비넥타이를 하고 인자한 웃음을 머금고 나를 보고 있었다. 숱 많은 은발이 햇빛을 받아 반짝거렸다. 얼굴의 주름살마저 품격 있게 늙어 있다. 노인이 할머니를 바라본다. 그 눈길이 새신랑이 신부를 바라보는 그 해사한 눈빛이었다. 사랑스러움과 기쁨을 담뿍 담은 모습. 노인은 껄껄 웃으며 내 어깨를 두 번 두드리며, 잘 있었어요. 볼 때마다 예뻐지는 걸. 노인의 목소리에 다정함이 묻어 있다. 할머니는 노인에게 "상구 씨, 들어가요." 하면서 노인의 허리를 살짝 밀었다. 할머니가 '상구 씨, 상구 씨.'라고 할 때마다 좀 징그러웠다. 할머니가 저토록 상냥할 때가 있었는가? 나는 노인 옆에 앉았다. 할머니가 넌 차 좀 내오지 않고? 쟤가 저렇게 어려요. 우리 상구 씨는 저기, 코피루왁만 마신다. 알지. 그것으로 내오너라. 나는 속으로 '우리'라는 단어를 되새겨 본다. '흥, 우리 좋아하네. 언제부터…' 슬며시 짜증이 났다. 노인이 다시 껄껄 웃으며 "괜찮아요. 천천히 마시면 되지."라고 했다.

할머니가 와도 나는 적당한 일이 없다. 노인들 틈에 끼여 앉아 있어 봤자 할머니 눈치에 마음만 불편할 뿐이다. 갑자기 할머니가 먼 친척같이 낯설다. 그 변화된 행동에 은근히 화가 치밀었다. 나는 밖으로 나왔다.

주차된 노인의 경차 바퀴 밑에 큼직한 돌멩이 하나를 집어 넣었다. 노인은 신발을 용도에 따라 바꿔 신 듯, 승용차를 바꿔 타고 다녔다. 사업상 다닐 때는 수입차를 탔고, 아들과 함께 처음 우리 집에 올 때는 중형차를 끌고 왔고, 손수 운전할 때는 경차를 이용했다. 언젠가 노인이 그랬다. 천천히 산책하듯 나들이할 때는 작은 차가 안성맞춤이라며 경제적 효율성을 강조했다. 명품과 메이커를 모르던 할머니는 처음엔 큰 차와 작은 차로 나누었고, 명품도 실용면만 봤다. 프라다 PRADA가방을 선물 받고도 그다지 기뻐하지 않았다. 다만, 가볍고 많이 넣을 수 있어 좋다고 했다. 그러던 할머니가 벤츠를 이야기했고, 에르메스를 입에 올렸다. 할머니도 서서히 명품에 매료되고 있다.

"이것 봐라. 고급스럽지. 외출할 때 빌려줄게."

솔직히 할머니 기쁨이 내 기쁨이 되어야 하는데, 나는 자꾸만 불만스럽다. 할머니는 자신의 감정에 충실할 뿐이다. 내 마음을 헤아릴 틈이 없어 보인다. 나는 속으로 중얼거린다. '몸을 명품으로 감고 치장을 했다고, 인생이 명품 되는 것은 아니야?'

사람이 변하는 건 순간적이다. 노인이 할머니를 처음 찾아 왔을 때만 해도 노인네 다 됐어. 얼굴에 저승꽃 좀 봐라. 곱게 늙은 거 보면, 그렇게 고생한 생은 아닌 것 같지? 할머니는 노인이 현관을 나서자마자 돌아서며 곧바로 그렇게 말했었다. 내가 보기에 할머니 얼굴과 손에 핀 저승꽃도 만만치 않은데….
"할머니! 다시 봐야겠어. 대단한 능력이야."
"능력은 무슨…."
"첫사랑 님이 먼 곳에서 찾아왔잖아."
"이 나이에 뭐하게?"
"다시 시작해 봐."
할머니는 재미있다는 듯 화르르 웃었다.
"옛날이야기지. 내가 여학교 다닐 때, 구둣방에 취직한 저이를 무식하다고 만나 주지 않았거든. 그러자 검정고시로 대학까지 공부했다더라. 참 독한 구석이 있어."

"그때부터 할머니를 많이 좋아했나 보다."

"뭘 하다. 다 늙어서…. 이제 나타나? 사람 맘 어지럽게."

할머니는 현실을 들여다보며 한숨을 쉬었다. 하지만 싫지 않은 표정을 지었다.

노인은 묵은 기억 속에 오랫동안 할머니를 저장해 두었다. 언젠가 찾아가리라 다짐했지만 이제 왔다고, 만남을 스스로 감탄했다. 할머니는 태어난 이곳에서 동고새처럼 한 번도 거주지를 옮기지 않았다. 마치 노인을 기다리듯 세월을 견디며 살았다.

돌멩이를 경차 바퀴 밑에 넣는 내 행동은 단순히 할머니에 대한 이유 없는 반항이다. 가볍게 한 이혼은 해결 방법이 아니라 또 다른 문제와 부딪쳐야 하는 상황에 놓이게 했다. 한동안 정신적으로 할머니에게 의지했지만, 그것도 잠시 할머니와 사사건건 부딪치며 정신적 피로만 쌓여 갔다. 할머니 또한 그랬는지 모를 일이다. 할머니의 환경이 갑자기 바뀌고 인생 말년이 고급스러워지면서, 나는 자꾸만 초라하고 보잘것없는 나락으로 떨어지는 것을 받아들일 수 없다. 절망은 대책 없이 심술만 키우고 있다. 할머니 앞에서는 어쩔 수 없이 나는 불쌍한 손녀일 뿐이다. 커피도 지난번에 할머니가 갖다 둔 것이다. 비싼 커피라는 말을 강조한 할머니는 비싸면 좋다는 등식을 성립시켰다.

　사향고양이 배설물에서 추출한다는 코피루왁 커피의 첫맛은 글쎄 고급스럽지 못한 내 입맛을 탓해야 할까. 맛과 향의 차이는 할머니와 노인만큼 차이가 있지만, 노인은 언제나 할머니 말이라면 예스다. 알 수 없는 일이다. 커피 향이 두 노인의 사랑만큼이나 향기롭게 집안을 차곡차곡 채워 나갔다. 두 노인은 내가 할머니 방을 청소하는 내내 이야기를 주고받았다. 이제 막 연애를 시작하는 젊은이들같이 한껏 분위기를 잡고 있다. 나는 청소를 하면서 슬며시 그들의 이야기에 귀를 기울인다.

　"…그날 자네를 처음 봤어. 그 나이에 뭘 안다고… 가슴이 두근두근 거렸다니까…. 뜨락에서 찬을 나르던 자네가 나를 보고 웃었어. 가지런한 이가 얼마나 고왔는지 몰라."

　"내가 언제 웃었다고…."

　"그렇겠지. 내 착각일 수도 있을 거야. 그때 난 당신에게 올인되어 있었으니…."

　"……."

　"나중에는 어머니더러 왜 과수원에 일하러 가지 않느냐고 투정까지 했지. 자네가 내 곁을 스쳐 지나가면 꼭 사과 향이

나는 것만 같았어. 긴 머리카락과 풋사과처럼 싱싱하던 당신 모습을, 난 잊을 수가 없어. 정신이 빠져나간 듯했으니까. 하하핫."

먼 옛날 노인의 고백이 잔잔한 물결처럼 퍼져 나갔다. 이루지 못한 첫사랑의 아쉬움이 오래도록 노인의 가슴에 옹이처럼 박혀 있었나 보다.

노인의 이야기를 듣고 있으니, 할머니의 친정집이 기억 속에서 세세히 살아났다. 마치 어제 일처럼. 그 집은 내가 학교에 가는 도로변 위쪽에 있었고, 초가집들과 떨어져 있는 유일한 기와집이었다. 탱자나무 울타리가 낮은 흙담을 가렸고, 집 뒤로 대나무 숲이 있었다. 나는 탱자나무의 날카로운 가시 사이를 옮겨다니는 비비새의 민첩한 동작을 오래도록 바라보는 즐거움이 있었다. 할머니의 동생, 즉 아버지의 외삼촌이 가끔 우물가에서 윗옷을 벗고 세수하는 모습이 탱자나무 사이로 보였다. 그 집은 우리 집에서 걸어서 10분도 걸리지 않는 거리에 있었다. 사과꽃이 연분홍으로 피기 시작하면 나는 하굣길에 하릴없이 그 집을 들락거리기 시작했다. 사과밭은 넓고 비탈져 있었다. 비탈길 끝을 바라보면 길은 하늘에 닿아 있는 듯 아득했다. 그 길을 뛰다시피 오르면, 봄볕은 황

토 끝에 머물렀다. 기찻길이 보였고, 큰 강이 푸른 물을 안고 도시를 휘둘러 흐르고 있었다. 언덕에서 바라본 도시는 어린 내게 새로운 세계로 향하는 이정표처럼 다가왔다.

  어린 나는 그곳에 앉아 있기를 즐겼다. 철길을 따라 철거덕철거덕 달리는 기차는 산굽이를 핥으며 달려와 바람처럼 사라졌지만, 도시는 언제나 그곳에 웅크리고 있었다. 풋사과에 살이 오르면, 내 종아리 힘줄도 단단하게 여물어 갔다. 그 사과밭은 아버지의 외할아버지가 아들에게 물려주었다고 한다. 아버지의 외삼촌을 나는 할아버지라 불렀다.

  나는 문틈으로 그들을 바라봤다. 할머니와 노인은 나이를 잊고 사춘기 소년소녀로 돌아가 있었다. 때로는 흥분된 목소리를 담아냈고, 때로는 고단했던 시절을 투박한 항아리에 빚어내듯 그렇게 이야기를 풀어내고 있었다. 저 두 노인네가 전쟁이라는 모진 세월을 지나 겹겹이 시간을 쌓으며 다시 팔십이라는 숫자를 뒤로하고서 만남을 이루었으니 나로서는 경이롭기까지 하다. 붙박이처럼 이 읍을 한 번도 벗어나지 않았던 할머니가 노인을 따라 이곳을 선뜻 떠났다는 사실도 놀랍다. 처음 할머니가 내 곁을 떠났다는 사실이 믿어지지 않았다. 할머니는 나를 떠나 살 수 없을 줄 알았다. 착각의 고통은 시리고 깊었다.

　언제부턴가 노인의 차림새와 말에서 은근히 풍기는, 그 어떤 것들이 내 눈길을 사로잡기 시작했다. 알 수 없는 기시감이 나를 자석처럼 끌어당겼다. 나는 설거지를 하다가도 할머니보다 노인이 먼저 생각났다. 노인이 했던 말들을 떠올리고, 노인의 행동들을 떠올렸다. 가볍게 어깨를 두드렸을 때 그 따스하고 부드러운 손의 감촉. 노인이 잘 먹던 가지 불고기를 할 때면 노인이 먹는 모습을 보지 못해 안타까웠다. 길을 가다가도 밥을 먹다가도 자꾸만 노인이 내 안에 머무르고 있는 것을 느꼈다. 나는 고개를 가로로 세차게 흔든다. 이건 도대체 무슨 감정인가? 문득으로 노인의 희끗한 은발을 보며 나는 두근거리는 가슴을 진정시킨다. 노인은 내 마음을 아는지 모르는지 지금도 할머니에게만 마음을 열어 놓고 있다.
　"언제 그 사과밭 있던 자리에 가볼까? 지금 공장이 들어서 있던데…. 내가 몇 번 가봤지. 우리 흔적은 어디에도 없지만…."
　"……."

할머니 방 청소를 마치자 느닷없이 아버지가 떠올랐다. 아버지. 내게 아버지는 어떤 존재였던가. 두렵고 무서운 존재? 아니면 어려운 존재? 오랫동안 아버지의 빈자리를 잊고 있었다. 그 공백에 익숙해진 탓이다. 아버지의 존재를 찾기 위해 기억 속을 헤집어 보았다. 아버지는 외아들이었다. 집보다 현장에 가 있는 시간이 많았다. 아버지에게 현장 소장이라는 직함은 참 편리했다. 바쁘다는 핑계, 피곤하다는 핑계, 공사 기간을 맞춰야 한다는 핑계 등 다양한 이유로 집에 오지 못할 때도 늘 당당했다. 아주 가끔 집에 와도 화난 사람처럼 입을 꽉 다물고 있었다. 할머니가 아버지에게 가보라 했지만 난 아버지에게 갈 수 없었다. 아버지가 타인처럼 어색해서 주변에서 서성거렸을 뿐이다. 무엇보다 엄마를 폭행하는 장면을 떠올리면 아버지를 영원히 보고 싶지 않았다. 아버지는 엄마를 할머니를 모시고 사는 가정부 정도의 가벼운 존재로 여기며 엄마에게 무거운 책임감을 맡겨 두고 있었다. 그 보상으로 생활비를 매월 보내 주는 것이었다. 엄마에게 그렇게 엄한 아버지가 어느 날, 눈이 파랗고, 머리카락이 금발인 바비인형을 사온 적이 있다. 하얀 드레스가 눈송이처럼 부드럽고, 잘록한 허리와 풍성한 가슴 라인이 드러난 인형은 종이 상자에 들어 있었다. 문구점 앞에서 하염없이 바라만 보던 그 인형을 가졌는데도 기쁘지 않았다. 아버지 앞에서 감정마저 움츠러들었던 모양이다. 바비인형을 한 달도 갖지 못하고 잃어버렸다. 나는 바비인형을 잃어버린 슬픔보다 아버지가 화낼까 봐 그것이 더 무서웠다. 아버지가 화난 모습을 상상만 해도 몸에서 소름이 먼저 돋아났다.

나는 아버지가 내게 바비인형을 사 줬다는 사실을 잊어버리든지, 바빠서 집에 오지 않기를 간절히 기도했다. 아버지는 생각보다 일찍 집으로 왔다. 할머니가 사실을 말했다. 나는 가슴이 오그라들고 식은땀이 났다.

"애가 며칠을 울었다. 혼내지 마라. 저도 잃어버리고 싶어 잃었겠니?"

할머니는 언제나 내 방패막이가 되어주었다. 아버지는 아무 말도 하지 않았다.

그날 저녁 놀이터까지 나를 찾아온 아버지는 내 손을 잡았다. 나는 깜짝 놀라 울어버렸다. 바비인형이 떠올랐다. 긴장한 내 몸이 얼어버릴 것만 같았다. 아버지는 갑자기 나를 들어 올려 안았다. 아버지 얼굴을 가장 가깝게 바라본 날이었다. 뻣뻣하게 굳은 내 몸은 어찌해야 할지 몰랐다. 아버지는 내 등을 가볍게 두 번 토닥토닥 두드렸다. 아버지와 함께 처음 문구점에 갔다. 잃어버린 바비인형을 내 손에 쥐여 주었다.

어머니에게 그토록 모질던 아버지가 내게는 인자했다. 그 때는 그것을 몰랐다. 노인을 바라보면서 희미한 기억 속 아버지를 떠올리며 나는 아버지에게서 갈증처럼 느낀 감정을 노인에게서 발견하고 있음을 알아차렸다.

낮에 일하고 밤에 공부했다는 말이지. 코피를 쏟으며…. 나를 원망했겠네. 할머니는 옛날이야기를 꺼내고 있었다. 이제야 말할 수 있지만, 그때 내가 자네를 얼마나 원망했는지 몰라. 돌이켜보면 고마운 일이지. 흐흐허. 그때 노인의 전화벨 소리가 났다. 처음엔 내 전화인가 했다. "안녕 UFO다." 우연히도 같은 전화벨을 사용하고 있다. 와, 공통점이 있다는 사실에 나는 괜히 기분이 좋아진다. 노인은 휴일에도 바쁜 일이 있으면 전화로 지시하고, 현장에 있는 듯 자세하고 명료하게 설명을 덧붙이곤 했다. 노인은 전화를 받으며 할머니에게 양해를 구했다. 저 매너. 할머니가 고개를 끄덕인다.

저 나이에 일하고 있다는 사실이 믿어지지 않는다. 노인은 일 때문에 늙을 시간도 없다며, 노동은 살아 있다는 증거를 매일 느끼게 하는 것이라고 했었다.

내게 넘지 못할 벽을 바라보는 막막함이, 새로운 것에 대한 호기심으로 차오르고 있었다. 노인에게 넘치는 에너지를 바라본다. 아이를 떠올린다. 아들이 있다는 사실이 새삼스럽게 내게 힘이 된다. 나는 다시 두 노인의 대화에 귀를 기울인다.

"며칠 전에 죽은 오 사장 말이야 혈압이 그렇게 높았다고 하더라고. 그 사람 건강관리를 철저하게 했는데…."

"오 사장이라면, 노인 몸짱이라던…."

"우리 나이가 보통 나이인가. 조심하고 또 조심해야 해. 자네는 너무 적게 먹어. 소식이 좋다지만 그래도…."

할머니가 무슨 생각이 났는지 소파에 비스듬히 기대고 앉았다.

"젊은 여자가 너무 뚱뚱해. 그 봐, 뚱뚱해서 하는 일이 느려터졌어. 먹는 것도 아유, 뭐든 맛있다고 잠시도 입을 쉬지 않아."

할머니는 갑자기 집 도우미 아줌마를 경계하는 투로 말했다.

"왜, 그 아주머니 행동은 느려도 일은 깔끔하게 하잖아. 우리도 맞춤운동을 해야겠어. 운동도 무조건 하는 것보다 자신에게 맞는 운동을 해야 한다고 최 닥터가 그러더군. 근력이 부족하니까. 식단도 짜 준다고 그래."

"어제도 내가 거실 청소를 좀 하라고 시켰더니 글쎄 보이는 곳만 걸레질을 근성근성 해. 탁자 밑은 보이지 않느냐고 했더니, 허리 구부리는 것도 힘든지 몇 번 닦고 숨차 하더라고. 보는 내가 답답해서 원⋯."

노인과 할머니는 자신의 이야기만 하고 있었다. 서로의 이야기를 듣기나 하는지 모르겠다. 두 노인의 억센 고집은 어느새 평행선을 향한다. 노인들의 대화는 산만하면서 질서가 있다. 마치 어린아이처럼 제 각각의 말만 한다. 그러다 어느 시점에서 평행선은 다시 하나로 모였다. 노인이 할머니 손을 잡고 건강하게 살아줘서 고맙다고 몇 번이나 말했다. 할머니는 살포시 웃기만 한다. 저 내숭. 나는 입을 삐쭉 내밀었다.

노인들의 대화를 엿듣다 나는 엉뚱하게 아들을 떠올리고 그것이 그리움이라는 사실을 알았다. 아직도 내 안에 말라버리지 않고 오롯이 남아 있는 것은 아들이었다. 눈물이 났다. 갑자기 솟아나오는 설움과 울음을 제어할 수 없었다. 입을 막고 어깨를 들썩이며 울음을 삼켰다. 노인들의 다정함이 내 무의식 속에 잠재하는 가족의 의미를 되새기게 했다.

오래전 헤어진 엄마에게 나는 무엇이었을까. 내 아들에게 엄마인 나는 또 어떤 존재로 남을까. 상처 자국처럼 희미해진 아픔은 내 속에서 나를 지배하고 있나 보다. 나는 그것을 떨치고 일어서야 한다. 그렇게 하고 싶었다. 눈물로 씻을 수 있다면 지금 씻어버려야겠다.

저 나이에 새롭게 시작하는 할머니다. 내 나이 아직 마흔도 지나지 않았다.

할머니는 82세. 나이를 멈추고 유턴을 하듯 작고 주름진 얼굴이 뽀얗다. 눈빛은 초롱초롱 빛났고 맑았다. 언젠가 내가 외출했다가 돌아오니 할머니는 내 시폰치마를 입고 내 재킷에 목걸이까지 걸고, 거울 앞에서 자신의 모습을 이리저리 살피고 있었다. 구부정한 허리를 최대한 펴서 거울 속 자신을 바라보며 웃음을 머금고 있었다. 그 모습이 안쓰럽고 귀엽기까지 했다. 할머니는 다시 청바지와 티셔츠를 입었다. 할머니는 내 청바지 아랫단을 몇 번 접었다. 분홍 티셔츠 앞면은 안경을 낀 소녀가 손가락을 입에 물고 뭔가를 생각하는 프린트다. 안경테에 있는 둥근 반짝이가 할머니가 움직일 때마다 반짝반짝 빛을 냈다. 할머니는 자신의 행동에 집중하느라 내가 와도 몰랐다.

할머니는 외출할 때면 내게 코디를 부탁했다. 어떠냐? 괜찮아? 노티 나지 않니? 나는 82세에 노티 나지 않게 입으려면 어떻게 입을까. 잠깐 생각해 봤다.

할머니는 거울 앞에서 옷을 벗고 자신의 모습을 물끄러미 바라보았다. 그리고 두 팔을 위로 천천히 올리더니 팔 운동과 목운동으로 스트레칭을 시작했다. 나는 그것이 끝나기를 기다렸다. 다리를 앞으로 쭉 뻗어 상체를 무릎에 당기더니 두 손을 뒤로 짚고 구부정한 허리를 쭉 펴 배를 앞으로 들어 올리며 허리운동을 하고 숨쉬기로 마무리한다. 할머니는 내 옷을 차곡차곡 개어 내 방으로 들어갔다.

할머니는 혼자 있어도 가만히 있지 않았다. 부산스러울 정도로 몸을 움직였다. 할머니와 반대로 나는 할 일 없이 멍청한 시간이 넘쳐났다. 주체할 수 없는 시간의 공백을 나는 사용할 줄 몰랐다. 나는 그것을 깨달았다. 할머니가 "젊은 것이…" 할 때도 나는 보이지 않는 시간의 존재를 까마득히 잊고 있다가 찬물을 끼얹는 듯 자신에게 소스라치게 놀란다.

노인의 핸드폰 소리가 또 났다.

할머니는 결혼하면서 마지막 주 일요일에는 우리 집에 아니 할머니 본가에 들른다는 약속을 했다. 할머니에게 본가는 할머니가 있어야만 할 곳이다. 이 집에 내가 있기 때문이다. 할머니에게 나는 아직도 어려서 보살펴 주어야 할 대상이다. 얼굴이 맞닿을 때마다 싸웠지만, 내가 혼자 있다는 사실이 불안한 것이다. 아버지가 새엄마랑 지방의 도시에서 살림을 차렸을 때 나와 할머니는 함께 살기로 했다. 할머니는 영원히 내 곁에서 떠나지 않으리라 믿었다. 내가 결혼이라는 것을 하면서 할머니 곁을 떠났을 때, 할머니도 나와 같이 허전하고 세상을 다 잃은 것 같았을까. 다시 할머니 곁으로 돌아왔을 때 할머니 표정은 무너지고 있었다. 실망감과 분노가 범벅된 표정에 안도하는 모습이라니…. 그랬던 할머니에게 가슴 벅찬 기다림이 있고, 떨리는 감정은 숙성되고 완성되어 아름다움이라는 단어를 떠올리기에 충분했다. 이 세상 모든 사물이 오래되고 늙으면 볼품 없어지지만 사랑이라는 감정은 묵을수록 온화함과 지나치지 않는 그윽함을 담아내는 고귀한 그 무엇이다.

 노인을 향한 내 감정은 풋감처럼 떫은맛을 지니고 한쪽으로 기울여진 것이 아닌지. 나는 내내 노인을 바라보며 어쩔 수 없이 꺾어진 갈대처럼 푸석한 얼굴로 고개를 숙였다. 그러나 저 밑에서 꿈틀거리는 감정은 어쩔 수 없다. 아버지 정이 노인에게로 향해 그리움으로 피어나고 있다.

 할머니 손은 검버섯이 군데군데 곰팡이처럼 퍼져 있다. 자살한 주름 때문에 검버섯은 마치 겹 채송화처럼 아름답기까지 하고, 푸른 핏줄이 검버섯의 줄기처럼 앙상하다. 할머니는 컴퓨터 자판기를 뚫어지라 바라본다. 저것은 세상을 하나로 묶는 신기한 모험에 빠져들게 하는 도구다. 할머니는 결혼하기 전에 신부수업처럼 피부관리실과 컴퓨터 학원을 오갔다. 무언가 알아 가는 즐거움에 할머니는 그즈음 세상에 새로 태어난 느낌이라고 말했다. 이상했다. 할머니를 바라보는 내 몸 어딘가에 가시처럼 반응하는 적극성은 충격이었다. 그랬다. 그것은 본능이었는지도 모른다. 혼자서 살아가야 한다는 본능적 행동. 나 자신을 바로 세워 가야 한다는 다짐은 행동하게 했고, 정신을 차리게 했다. 그 깊숙한 내면에 '나는 엄마다.'라는 강한 메시지가 할머니로부터 전해져 왔다.

 사랑하는 사람이 있다는 것은, 그를 위해 무언가 하고 싶은 것이 있다는 것이다. 내 할머니가 나를 위해 건강관리를 했듯이 나는 내 아이를 위해 무얼 할 것인가. 아이에게 주고 싶은 것을 줄 수 있는 엄마가 되는 꿈을 꾸기 시작한다. 아이를 생각하자 내 안에서 꿈틀거리는 씨앗 하나를 발견한다. 서럽도록 아픈 시간이었다. 그 아픈 상처들을 나는 서랍 속에 차곡차곡 정리하려고 한다. '나는 엄마다.'

 사람이 변하는 것은 사람관계에서부터 시작하나 보다. 나이에 상관없이 찾아오는 사랑을 보면서 나는 그렇게 생각했다. 노인도 할머니만큼이나 젊어지고 있다고 노인의 아들이 이야기했다. 노인은 할머니를 찾고 자신감을 새롭게 회복한 것 같다고 한다. 공식적인 일에서 물러나기로 한 노인은 노인만을 위한 공간을 만들어야겠다고 했단다. 그것이 게이트볼 사업이었다. 노인은 부지 선정부터 사업성, 경제성 등 모든 일을 자신이 발로 뛰며 추진하고 있었다. 그 곁에 할머니가 있었기에 가능한 일이라고 한다. 노인은 사업상 일에도 할머니를 언제나 옆에 앉히고 다닌다고 할머니가 말했다. 할머니는 피곤하지만, 우리가 살면 얼마나 살겠느냐며 애써 함께하는 시간을 즐기는 것 같았다. 10년만 일찍 만났다면…. 세월이 야속하구나. 그 나이의 절박함에 노인이 더 적극적이고 더 정열적이지 않나 나는 생각했다.

노인에게 '안녕 UFO' 전화벨이 또 울렸다. 노인은 잦은 전화에 이번에는 목소리를 아주 낮추고 말했다.

"그것 때문에 전화냐! 못난 것. 서류 보면 알 것을…. 더 이상 전화하지 마라."

노인의 목소리에는 위엄이 있고 얼음처럼 차가운 냉정함이 묻어 있었다. 노인이 고개를 돌려 말했기에 표정을 읽을 수 없었지만, 전해오는 느낌으로 알 수 있었다. 노인의 일정을 어렴풋이 알겠다.

나는 노인의 목소리에 짐짓 놀랐다. 할머니 앞에서 저렇듯

온화한 표정과 정이 넘치던 목소리가 돌변할 수 있음은, 노인의 위치를 짐작하게 했다. 소형차를 몰고 다니는 83세의 노인. 할머니에게 노인의 위치는 회장님이 아닌 상구 씨다. 노인에게 첫사랑이 저토록 소중할까. 나는 저녁놀을 바라보듯 노인을 바라본다.

노인이 지그시 눈을 감고 할머니를 향해 말했다.

"자네는 예전 모습 그대로야. 아직도 고와."

나는 깜짝 놀라 노인을 바라봤다. '말도 안 돼. 너무 심하잖아요.'라고 생각하며 할머니를 봤다. 그곳에 정말 가지런한 이를 드러내고 깔깔 웃고 있는 소녀가 서 있었다.

노인은 손을 내밀었다. 잘 있어요. 나는 엉거주춤 노인의 손을 잡는다. 손이 따스하다. 나는 노인의 눈을 응시했다. 그 눈빛에서 바비인형을 사 주던 아버지의 눈빛을 발견한다. 정신이 아득하다.

차창이 내려지고 어둠 속에서 손 하나가 윈도 브러쉬처럼 흔들렸다. 시동 소리가 나고 웽하는 소리와 함께 차체가 덜컹거렸다. 받쳐둔 돌멩이가 튕겨서 내 앞에 떨어졌다.

고립 또는 삶

 내가 사람들에게서 서서히 잊혀지고 있다는 것을 나는 알고 있었다. 행방불명이 된 사실을 한동안 아무도 알지 못했을 것이다. 니는 누구와도 친밀하게 지내지 않았을 뿐만 아니라 그 누구도 내게 다가오지 않았다. 집을 떠나도 그곳에 있어도 내 존재는 있으나 마나 하는 그런 사람이었다. 그렇다고 관심의 대상이 되고 싶거나 주목받고 싶지는 않았다. 나는 길거리를 거닐다가 티브이 뉴스를 봤다. 시골 노인의 실종 보도였다. 순간 갑자기 이런 생각이 들었다. 누군가 내가 사라진 것을 알고 가출 신고 또는 행방불명되었다는 신고를 하지 않았을까 하는. 황당한 생각에 얼굴이 붉어졌다. 상상일 뿐인 사실을 알면서도 그랬다. 시골 노인의 실종 뉴스는, 나를 부추기며 그 생각을 하게 했다.

할머니 죽음은 내게 많은 사실을 깨닫게 했고, 훌쩍 성장하게 만들었다. 갑자기 어디론가 떠나야만 살 것 같았다. 할머니와 함께 생활한 십여 년은 나도 모르는 사이에 내가 의도하든 하지 않았든 간에 할머니의 의지처가 되었다는 사실이다. 할머니 곁을 지켜야 하는 의무감 같은 것이 언제부터 내 몸에 배어 있었는가. 알지 못하고 인지하지 못하는 사이에 내 몸에 심지가 내려지듯이 천천히 깊숙이 뿌리를 내려 자라고 있었나 보다. 할머니와 어린 나는 서로에게 의지하며 살았다. 그 연결고리가 할머니 장례식에서 사슬이 끊어지듯이 툭 끊어지는 것을 나는 알아차렸다. 완전히 혼자가 된 것이다. 혼자라는 사실은 나 자신에게 책임감을 부여하여야 하는 그런 시간이 될 터였다.

처음 얼마간은 혼자라는 사실이 믿어지지 않았다. 사실을 받아들이지 않고 나는 어떤 다른 나와의 연결고리를 찾으려고 헤매고 다녔다. 그 연결고리가 어머니였다. 어머니는 할머니와 달랐다. 있으면서도 없는 존재가 내 어머니였다.

어머니가 새 가정을 이루고 살고 있다는 사실을 나는 알고 있었다. 확인하고 싶었다. 아니 마지막으로 한 번만 보고 싶었다. 성경에 "두드려라 그러면 열릴 것이다"라는 말이 있다고 들었다. 그 말의 적용이 내게 모든 사실을 용이하게 만들었다.

나는 두드렸고, 열렸다. 그것은 버림받았다는 사실이 확인되는 순간이었다. 어머니는 새 남편이 알게 될까 봐 내 존재를 숨기려고 했다. 내가 내 이름을 말하면 무척 반가워서 참회의 눈물은 아니더라도 따뜻한 손으로 내 손을 잡아 주리라 생각했다. 어머니는 대뜸 어떻게 여기 왔냐고 자신에게 책임이 지워질 어떤 일을 예상한 말투로 다그쳤다. 어머니는 불안한 눈으로 연신 주위를 두리번거리며 말했다. 다정하게 이름 한 번 정도는 불러줄 수 있지 않은가. 그런 어머니에게 뭘 바라고 찾아가지는 않았지만, 그래도 그 존재만으로 의지가 될 줄 알았는데, 아니었다.

나는 혼자라는 사실을 받아들였다.

고물상 옆을 지나가다 수북하게 쌓여 있는 폐전화기를 봤다. 형태가 각양각색이었다. 우아한 모양이 있는가 하면 단순하게 그 기능에만 충실한 것도 있다. 한동안 전화벨 소리를 기다렸던 적이 있었다. 기다리던 벨 소리는 결코 울리지 않았다. 아버지나 어머니가 혹시나 전화로 말을 걸어오거나 온다는 소식이 있을까 봐 수화기를 들었다가 놓았다가 반복하기도 했었다. 오지 않는 소식은 애초에 기대하지 말았어야 했다. 기대한 만큼 실망도 크게 다가오니까. 아버지 목소리를 마지막으로 들은 것은 어느 날 새벽녘이었다. 할머니가 담담하게 말했다.

"그러니까 네가 쫓기고 있다는 소리지. 알았다. 니 몸이나 잘 챙겨. 동구랑 내 걱정은 하지 말고."
 아버지는 자고 있는 내 머리를 한 번 쓰다듬었다. 나는 자는 척하고 있었다.
 "가요."
 "가요"라는 말은 축축함이 배어 무겁게 들렸다. 아버지의 뒷모습은 보지 못했다.
 집에 전화기가 울리기 시작한 것은 아버지가 마지막으로 다녀간 뒤였다.
 갑자기 정지된 화면에 검은 양복과 마루에 꽂히던 날 선 낫과 방바닥을 찌른 칼자국이 떠오르자 몸이 먼저 반응했다. 소름이 돋았다.

 동구가 살아 있다는 소문은 삽시간에 마을 전체로 퍼져나갔다. 그 사실을 동네 사람들에게 각인시킨 것은 병무청이었다. 동구에게 입영 영장이 나왔기 때문이다. 영장은 살아 있다는 증거를 충분하게 했다. 입영 통지서는 동구가 없는 집으로 왔다. 빈집이라는 사실을 알아차린 집배원은 입영 통지서를 들고 동구 진외가 할머니를 찾아갔다. 진외가 할머니는 등기 받기를 거절했다. 등기를 받는 순간 책임까지 떠맡아야 하기 때문이다. 행방불명이라는 사실을 알림으로 의무는 끝났다. 어찌 된 영문인지 그 뒤로 몇 차례 입영 통지서가 오고, 경찰까지 왔다 갔다. 경찰 제복은 어떤 사건을 암시하기에 충분했다. 그래서일까? 군대 영장은 마을 사람을 동구네 집으로 모이게 만들었다. 마치 동구에게 법에 저촉되는 일이 일어난 것처럼. 모여서 할 수 있는 일은 아무것도 없었다. 단지 마당에 서서 근심스러운 얼굴로 걱정을 할 뿐, 아무런 행동도 하지 않았다. 어떤 단체 행동을 할 정도의 사건도 아니었다. 동구의 행방은 경찰에서도 찾지 못한 것 같았다. 그때마다 동구는 다시 마을에 화제 인물로 떠올랐다.

 누군가 시장에서 동구를 봤다고 하면, 또 누군가는 공사장에 있는 걸 목격했다고 했다. 그러나 그 누구도 대면해서 이야기를 나누거나 동구라는 확신을 갖고 말하지는 않았다. 동구처럼 생겼다거나 비슷하다든지 애매한 그저 호기심만 자극하면 그만인 그런 말들을 주고받았다. 그러다 동구는 서서히 잊혀져갔다. 그 누구도 딱히 찾고 싶다거나 보고 싶어 하지도 않았다. 관공서에서만 동구를 찾을 뿐이다. 그것도 국방의무를 지키라는 통보다. 헌법(제39조)은 동구가 남자라는 사실을 명백히 밝히면서 의무를 다하라고 국가가 명령을 내린 것이다. 종이 한 장이지만 가볍지 않은 무게가 담겨 있다. 그런데 정작 국방의무를 해야 하는 동구는 영장을 거부하는 것이 아니라 주소지에서 사라지고 없다. 마을에 한 차례 동구 입영 통지서가 휩쓸고 지나가면, 동구가 마을의 구성원이었음을 확인시킬 뿐이었다. 동구 또래들이 국방의무를 마치고 돌아와도 동구는 나타나지 않았다. 사람들은 동구를 서서히 잊었다.

그 후 사람이 없는 집만이 주인의 흔적을 새겨 두었다. 마루 밑에 두고 간 운동화며 세면장의 칫솔과 비누 등은 집과 함께 낡아가고 있었다.

집에 사람이 드나들기 시작한 것은 집을 이용하기 위함이었다. 읍에 있는 부동산업자는 마치 동구의 허락을 받은 것처럼, 고객(매수자)과 함께 방문했다. 그럴 때마다 동네 사람들은 동구네 집을 기웃거렸고, 말참견과 관심으로 낯선 사람들의 방문을 저지했다. 동구 집은 부동산 고정 보유 물건이 되어 있었다. 일종의 전시품이다. 집은 차츰 흙 담장 일부분이 허물어지고, 지붕 위에는 와송이 자랐지만, 집을 보러

오는 사람은 꾸준했다. 낡아가는 집은 어쩐 일인지 매매가가 계속 올라갔다. 부동산의 농간을 매수자만 모르고 있다.

이번에는 입영 통지도 아니고 고지서도 아닌 동구 사진이었다. 그것도 모 방송국 카메라맨의 손에 들려서 나타났다.
그 진원지는 동네 중앙에 있는 경로당이었다. 그날 경로당에 모여 있던 사람들은 시간을 처리해 내듯이 화투를 돌리고 또 돌렸다. 방 안에 화투를 내리치는 소리가 딱딱 났다. 창문이 요란하게 덜컹거렸고, 어느 집 개가 컹컹 짖었다. 창문 너머로 느티나무 잎들이 오른쪽으로 뒤집히듯이 쏠리는가 싶더니 왼쪽으로 쏠렸다. 나뭇가지가 부비는 소리를 냈다. 행동을 멈춘 사람들이 일제히 놀란 표정으로 창밖을 바라봤다.
그때 방문 노크 소리가 났다. 노크를 하고 들어오는 동네 사람은 아무도 없었다. (사람들은 자기 집 방문을 열고 들어오듯이 들어왔다.) 창문으로 향하던 얼굴들이 일제히 방문 쪽으로 고개를 돌렸고, 의심쩍은 얼굴로 서로를 바라봤다. 다시 노크 소리가 들리자 이번에는 긴장한 얼굴로 턱을 치켜들며 눈을 크게 떴다.
안에서 아무런 소리가 없자 "실례합니다." 하고 K 피디가 말했다. 방문이 열리자 노인들은 손에 든 카메라를 보고 깜짝 놀랐다. 열린 문으로 바람이 경로당 안으로 함께 훅 들어왔다. 사람들은 당황해서 화투판을 둘둘 뭉쳤다. 동전 몇 개가 방바닥으로 또르르 굴러 나왔다. 새터댁이 얼른 치마 밑으로 동전을 쓸어 넣었다. 무릎 관절염을 앓던 노실댁도 발을 뻗어 발바닥 아래로 동전을 숨겨 끌어당기는 순발력을 발휘했다. 행동은 민첩했고 빨랐다. 순식간에 방바닥이 말끔해졌다.

노인 회장은 언뜻 카메라 옆의 로고를 봤다. 침을 꿀꺽 삼키고 마른기침을 큼큼하며 낯선 사람의 뒤를 슬쩍 살폈다. 뒤에 두 사람이 더 있었다. 태연한 척 시침을 뚝 떼고 입을 열었다.

"방송국에서 뭔 일로…."

K 피디는 그제야 자신이 찾아온 이유가 생각났다는 듯, 카메라 속 사진을 보였다.

"혹시 이 사람을 아십니까?"

일순 팽팽하던 긴장이 풀리면서 노인들이 사진을 보기 위해 K 피디 쪽으로 우르르 모였다. 사진의 배경은 숲속이었다. 하지만 낯선 인물을 보고 모두 고개를 갸웃했다. 옆모습과 앞모습, 자연스럽게 찍힌 사진은 어딘지 모르게 몰래 찍은 영상 같았다.

"어디서 많이 본 사람 같은데… 글쎄…."
"평범한 사람 같지는 않아."
 고개를 갸웃거리며 저마다 한마디씩했다. 그러자 이번에는 동구의 중학교 사진을 보이며 마동구라고 하자 모두들 놀라서 한목소리로 말했다.
"아! 동구. 동구는 여기 없는데…."
"어째, 동구는 있을 때보다 없을 때, 찾는 사람이 더 많아."
 K 피디는 동구의 학생증을 근거로 겨우 이 마을에서 사라진 마동구 씨를 찾았다. 동구는 관공서에 이미 행불자로 처리되어 있었다. 그 이후 아무런 흔적이 없었다.
"지 애비랑 똑같이 생겼어!"
"동구가 무슨 죄를 지었소."
"다리는 정상이었는데…. 무슨 일이 있었나 보요? 지 할매 죽고 한동안 바깥출입도 없더니 어느 날 사라져 버렸어."
"동구가 뭔 일로…."
 여기저기서 수군거렸다. 사람들은 일제히 궁금증을 해소하려는 듯, 사진으로 시선을 집중시켰다. 그리고 한마디씩 했다.

"피는 못 속인다더니… 영락없이 지 애비 얼굴이야."

"설마, 동구가 뭔 잘못을…."

사진을 보던 사람들이 이번에는 또 무슨 일인가 하고 K 피디를 바라봤다. 그들은 틀림없이 동구도 제 아버지처럼 사기꾼이나 도박이나 술꾼이 되어 큰 사건을 만들었다고 지레짐작했다.

"그놈은 불쌍헌 놈이오. 지 애비 어미한테 실상 버림받은 놈이야. 애비란 놈은 어린 것을 방치만 했지. 보살피기를 했나? 키우기를 했나? 할매가 없었으면 영아원 갔을 거야. 할매가 죽자마자 끈 떨어진 연 맨치로 멍하니 있더니, 결국 어디로 갔는지 아무도 몰라. 사진 보니 죽지는 않았구만. 필시 잘 살았다고는 할 수 없겠고…. 고생하면서 살은 흔적이 얼굴에 나타나 있어."

"말이 없었지. 불뚝성은 있었어."

K 피디는 노인들이 하는 말을 열심히 받아 적었다. 사람들이 다시 긴장했다. 자신들이 한 말이 동구에게 해가 될지 득得이 될지 모르는 상황이라고 판단했기 때문이다.

"마동구 씨는 지금 미티산에 있으며, 확인하는 절차가 필요해서 이렇게 마을에 들렀습니다."

"미티산이라니! 세상에나~ 저기 저 산! 그렇게 가깝게 있었어!"
 다들 놀라서 입을 다물지 못하고 서로를 바라볼 뿐이었다. K 피디는 모호한 말을 남기고 마을을 떠났다. 동네 사람들은 모른다. 혹은 알고도 모른 체하는지. 알고 있더라도 어찌할 수 없었을 것이다.

 그들은 꼭 어스름 저녁에 찾아왔다. 항상 서너 명이 함께 검은 승용차를 타고 왔었다. 검은 양복을 입은 그들은 들어오면서부터 세숫대야를 발로 차고 삽으로 마당을 푹 찍어 내리는가 하면, 낫을 마루에 꽂았다. 분이 풀리지 않은지 방으로 들어와서는 뒷주머니에서 꺼낸 칼을 방바닥에 박아 넣었다. 할머니가 나를 꼭 안았다. 처음에는 아버지를 찾아내라는 거였다. 아버지의 행방을 나는 그들로부터 들었다. 아버지가 도박 빚이 있다는 것과 사채를 빌려 썼다는 것. 지금 어디에 있는지 찾지 못하고 있다는 것. 그들은 할머니를 향해 말했다.
 "당신 아들 찾으면 심장을 팔아서라도 빚을 갚게 하겠어!"
 할머니가 그들의 바지를 잡고 살려달라면서 "내가 갚겠다."고 했다. 그들은 씨익 웃으며 "할마씨, 얼마인지 알기나 해. 지금도 이자가 새끼 치고 있어!" 하더니 나를 돌아보며 말했다. "저놈이 아들 새끼지? 저 새끼 팔면 되겠네." 하면서 나를 쏘아봤다. 몸이 경직되어 갔다. 할머니는 허겁지겁 집에 있는 돈을 모아 그들 앞에 내놓았다. 그들은 가소롭다는 듯이 웃음을 흘리며 지폐를 손에 쥐고 할머니 머리 위에서 흩날렸다.
"아가 사탕 값이잖아!"
할머니는 울면서 다시 지폐를 주섬주섬 주워 그들 중 한 놈의 주머니에 넣었다. 행동 대장이 앞에서 겁박하면 뒤에서 또 말했다.
"살살 다뤄라. 저 아가 오줌 싼다. 키워서 신장이라도 떼서 팔면 되니까. 히히히."
잔뜩 겁에 질려서 정말 오줌을 쌌다. 노란 오줌은 방바닥에 길을 내며 뱀처럼 움직였다.
"저 새끼 봐라. 진짜 오줌을 쌌네. 이거 혓바닥으로 핥아먹어! 아, 진짜 지린내 독하네. 먹으라고 이 새캬!"
발길질까지 했다. 나는 방바닥에 납작 엎드려 오줌을 핥아 먹었다. 오줌 맛이 어떠했는지 기억은 없다. 그 상황만 생각하면 지금도 소름이 돋고, 심장이 두근거린다. 그들은 수시로 찾아왔다. 논을 팔고 밭을 팔았다. 그래도 그들이 요구하는 액수에는 한참 모자랐다. 어쩌면 평생 갚아도 다 갚지 못

할 액수다. 그 빚은 고스란히 내게 상속된다고 그들은 말했다. 전화로 협박할 때도 있었다. 할머니는 전화기 선 줄을 뽑아버렸다.

아마도 할머니가 돌아가신 이유가 그들 때문일 것이다. 아니 아버지 때문이다. 아버지는 끝내 나타나지 않았다. 할머니가 돌아가셔도 아버지는 오지 않았다. 할머니 장례 후 나는 그 집에 있는 것 자체가 두려움이었다. 그들의 흔적은 집 곳곳에 남아 있었다. 마루에 찍힌 낫 자국과 방바닥에 꽂았던 칼자국은 나를 섬뜩하게 했다.

나는 길에서 검은색 승용차를 만나면 그 자리에서 굳어져 갔다. 검은 양복을 입은 사람을 피해 다녔다.

그때까지 나는 주민등록증이 없었다. 시외버스를 타고 무작정 집에서 멀리 갔다. 내 신분은 아직 학생증이 유일했고, 가방 귀퉁이에 구겨진 채 들어 있었다.

동구가 처음 이 동네로 온 것은 여섯 살쯤 되었을 때였다. 마을에서는 동구 아버지가 정신을 차렸나 보다며 수군거렸다. 그것도 잠깐이었다. 동구 엄마가 집을 나가자 동구 아버지도 아들을 두고 떠났다. 어린 동구는 할머니가 맡아 키웠다.

그 할머니가 죽자 동구는 의지할 곳이 없어졌다. 마을 사람들은 이제 갓 열일곱 살의 동구를 안타까움과 안쓰러움으로 바라봤다. 할머니의 상여를 부여잡고 서럽게 우는 모습을 본 사람들은 혀를 끌끌 차고, 치마며 옷소매로 눈물을 훔쳤다. 동구 할매 죽음에 애도하기보다, 동구의 앞날을 걱정하는 웅성거림이 장례식장을 가득 메웠다. 검은 양복들이 나타나자 사람들은 갑자기 말소리를 낮추고 소곤거렸다.
"저 놈들이 왜 왔지? 끈질긴 놈들…."
동구가 안절부절못한 것을 알아차린 것은 동구 진외가 할매였다.

동구가 사라진 것을 맨 먼저 알아차린 것도 진외가 할매다. 동네에서 그나마 제일 가까웠던 친척이었다. 동구는 특별하게 가깝게 지낸 친구도 없었다. 평소 말수가 적었고, 소심해서 늘 할머니 옆에만 있었다. 있는 듯 없는 듯 조용한 아이였다. 가장 가깝게 지낸 친구를 굳이 꼽으라면 노실댁 아들 영철이었다. 영철은 같은 골목에 살기에 그나마 친했다. 같은 또래는 많았으나 어울리지 않아 왕따 아닌 왕따로 살았다. 동구가 없어지자 처음 얼마간 소문이 퍼지고 걱정 아닌 걱정이 오가더니 차츰 바람에 날려 사라지는 풍등처럼 잊혀갔다.

동구가 집을 떠나자 낫과 삽, 주방 용품이 하나씩 없어졌다. 마당은 동네 농기구 보관 창고가 되었다. 진외가 할매는 마루며 큰방에 인진쑥과 약초를 말렸다. 그늘진 방과 마루는 약초를 건조하기에 제격이었다.

노실댁과 동구 진외가 할매가 데면데면하게 된 것도 동구 집이 원인이었다. 아주 하찮고 소소한 것이었다.

빨래줄에 노실댁이 빨래를 널자 동구 진외가 할매가 빨래를 널지 말라고 한 것이 발단이었다. 노실댁은 "네 집이냐? 빈집에 빨래라도 걸려 있어야 한다." 했고, 진외가 할매는 그렇잖아도 어수선한 집에 빨래까지 널면 안 된다 했다.

동구 집 마당에 방치된 농기구는 붉은 녹이 슬었고, 농기계 타이어는 공기가 빠져 찌그러졌다. 장독대 옆 무화과나무만 해마다 가지를 쭉쭉 뻗어갔다. 밤이면 새들이 잠을 자러 왔고, 고양이가 쥐 사냥을 했다. 그 집에서 동구는 희미해지고 야생은 번식했다.

동구가 없는 집에 처음엔 전기료 고지서가 매달 배달되었다. 고지서는 뜨락에 놓여 있다가 바람에 날려 헛간으로 수챗구멍으로 가서 낡고 찢어졌다. 각종 고지서는 몇 개월간 오더니 오지 않았다. 몇 년 후 동구의 주민등록 발급 우편도 왔지만, 그 누구도 몰랐다. 한낱 종이에 불과한 우편은 빛바래고 삭아서 사라졌다.

K 피디는 모 방송국 다큐멘터리 담당이었다. 지리산에 방사한 반달곰(KM-53)이 경계선을 두 번이나 이탈해서 김천 수도산에서 발견되고 다시 금오산에서 목격되었다는 제보가 있었다. K 피디 일행은 곰의 귀에 부착한 발신기 신호음을 따라 산을 이동하며 다녔다. 나무에 작은 짐승의 털 하나도 세심하게 살폈다. 대부분 반달곰의 털이 아니라 멧돼지의 털이었다. 습지대나 물이 고인 곳에서 심심찮게 발견되는 짐승의 발자국은 멧돼지의 흔적이었다. 고라니 배설물을 보고 야생 동물의 길을 따라가 보기도 했다. 그러나 어디에서도 반달곰은 보이지 않았다. 온몸에서 땀이 나고 다리에 힘이 풀렸다. 능선을 오르고, 계곡을 건너 다녔다. 오직 다큐멘터리를 찍어야 한다는 신념으로.

그러다 마을에서 얼마 떨어지지 않은 산에서 큰 너덜겅을 발견했다. 산비탈은 온통 돌과 바위로 가득 채워둔 것 같았다. K 피디는 이국적인 광경에 압도당한 듯 입을 딱 벌리고 한참 바라보고 서 있었다. 그때 바위 무더기 속으로 사람이 사라지는 것을 봤다. 처음엔 약초꾼이려니 생각했다. 아니 잘못본 것인가 하고 자신의 눈을 비볐다. 그런데 잠시 후 다시 나타난 사람은 손에 무언가를 들고 계곡 쪽으로 내려갔다. 그는 얼른 나무 뒤로 몸을 숨기고, 지켜봤다. 그 사람은 거무스름한 통에 물을 담았다. 작은 키에 바짝 야위어 있는 사람은 여름인데 긴 팔 옷을 입고, 머리카락은 꽤 오랫동안 자르지 않았는지 뒤로 질끈 묶었다. 행동은 민첩했고, 걸음은 빨랐지만 절뚝거렸다. 물을 길어서 다시 바위 무더기 속으로 사라졌다.

 K 피디는 10분쯤 후 물을 길어 간 곳으로 가봤다. 그곳으로부터 너덜겅까지 가느다란 길이 이어져 있는 것이 보였다. 물이 흐르는 계곡 옆에 돌을 동그랗게 쌓아 올린 샘이 있었다. 샘은 깊어 보였다. 궁금증에 가느다란 길을 따라 가 볼까 하다 주춤했다. 산속에서 사람을 만나는 것이 제일 무서운 법이다. 경계를 해야겠다는 생각이 번뜩 들었다. 산속에 숨어서 사는 살인자가 떠올랐고, 도망친 강간범, 감옥에서 탈출한 죄수 등이 떠올랐다. 그는 천천히 너덜겅에서 멀리 떨어져 걸었다. 걸으면서 혹시 현상범이 아닐까, 라는 생각이 늘었다. 그는 어젯밤 뉴스와 아침 뉴스를 천천히 기억해 봤다. 뉴스에서 탈주범이나 수사 선상에 오른 사람의 추적 기사는 없었다. 그렇다면 자연인인가. 머리가 복잡해졌다.

고립 또는 삶

나는 집을 나오고 얼마 후, 세차장 앞 아르바이트 모집 광고를 보고 찾아들어갔다. 주인은 나를 한번 쓰윽 보고는 "넌 안 돼" 했다. 나는 안 되고 다른 누군가는 된다는 말은 차갑고 칼끝처럼 날카로웠다. 내 행색은 점점 남루해져 갔고, 쓰레기통을 뒤지고 지하철이나 역에서 잠을 잤다. 자다가 "비켜 내 자리야." 하면 그 자리에서 쫓겨나야 했다.

내가 할 수 있는 일은 아무것도 없었다. 아니 아무도 내게 일을 주지 않았다. 나는 빵을 훔치러 갔다가 셔터 문이 떨어져 발목을 다쳤다. 걸음을 걸을 수 없을 정도로 통증이 심했고, 상처에서 고름이 났지만 어디에도 도움을 청할 수 없었다. 그저 웅크리고 앉아 통증이 가라앉기만 기다릴 뿐이었다. 옷 수거함을 뒤져서 계절에 따라 옷을 갈아입었고, 공중화장실에서 세수를 했다. 기차역 대합실에서 잠깐씩 뉴스를 봤다. 생경한 풍경을 나는 구경했다. 구경꾼에 불과한 나는 문득 내가 불안에 떨지 않고 있다는 사실을 처음 알았다. 마음이 평온하다니 이상한 경험이었다. 뭔가에 집중한 시간은 잠시 나를 내려놓는 시간이었다. 언제부터였는지 모르게 일상에 적응하고 있었다. 나는 돌아다니면서 살아가는 방법을 스스로 알아차렸다. 헛된 시간이 아니었다.

추위를 피해 들어간 아파트에서 옷 수거함을 발견한 것

도, 쓰레기통에 얼어붙은 음식으로 굶주린 배를 채우는 것도 괜찮았다. 그 아파트 지하에서 잠을 잤다. 집처럼 편안했다. 주민이 버린 이불도 있었고, 베개도 있었다. 아파트 쓰레기장 주변에는 내가 필요하면 언제든지 가질 수 있는 물건들이 많이 나왔다. 그것도 잠시였다. 주민 신고로 나는 쫓겨났다. 나는 어디서든지 쫓겨났다.

내가 산속에 가자고 마음먹은 것은 기차역 대합실에서 본 '오지 탐방' 프로그램 때문이었다.

K 피디는 호기심에 돌무더기 가까이 다가갔다. 사람이 어디로 들어갔는지 알 수가 없었다. 쏴쏴 바람 소리와 산새 소리만 들렸다. 적막하고 고요했다. 약간 두려웠다. 가까이 가 보니 생각했던 것보다 바위가 훨씬 크고 복잡하게 쌓여 있다. 다시 너덜겅에서 나온 K 피디는 물을 길던 곳으로 갔다. 그는 자신이 엄청난 모험을 하고 있다고 생각했다. 한편으로는 '진짜 다큐는 지금부터다'라는 직업의식이 발동하면서 설레기까지 했다. 짧은 순간이었지만, 어쩌면 자신이 엄청난 기삿거리를 발견한 것이 아닐까, 라는 예감도 문득 들었다. 실종자를 발견하는 빅뉴스… 절호의 기회 등.

길은 너덜겅 가장자리에서 뚝 끊어졌다. 그는 바위를 찬

찬히 살펴보았다. 바위 위에 엷게 묻어 있는 흙에 눈길이 갔다. 다시 스틱을 바위에 탁탁 쳤다. 아무 기척이 없었다. 그는 좀 더 대담해지기로 했다. 흙이 묻어 있는 바위 위쪽으로 가서 앉았다. 그는 두근거리는 가슴을 진정하며 깊은 숨을 몰아쉬었다. 그리고 용기를 내서 손나발을 하고 냅다 소리를 질렀다. "야호-" 메아리의 여운이 입김처럼 사라졌다. 다시 조용했다. 바위 사이를 미로처럼 옮겨 다녔고, 돌 위를 건너뛰기도 했다. 마침내 큰 바위 아래 얼기설기 나무로 엮은 인위적인 가림막을 발견했다. 가림막 앞 바위 때문에 밑에서도 좌우 옆에서도 잘 드러나지 않은 요새 같은 곳이었다. 사람은 보이지 않았다. 가림막을 들고 안을 들여다봤다. 때 묻은 플라스틱 물통이 보였다. 등에서 식은땀이 흐르고 입술이 바짝 말랐다. 입구는 좁았고, 사람은 없었다.

 나는 처음엔 마을에서 멀리 떨어진 산으로 갔다. 산에 적응이 되자 다시 고향이 가까운 이 너덜겅으로 왔다. 가끔 산등선에 올라가서 내 집이 있는 곳을 가늠하며 한동안 바라봤다. 보이지만, 갈 수 없는 집이었다.
 그날도 산등선에 올라가 마을을 내려다보고 돌아왔다. 그리고 물을 길어 놓고 쉬고 있었다. 바위에 스틱을 툭툭 내리치는 소리가 들렸다. 처음에는 잘못 들었다고 생각했다. 짐승 소리와 발자국 소리, 나뭇가지가 부러지는 소리와는 차원이 다른 소리였다. 이것은 분명 사람이 내는 소리라는 것을 직감적으로 알아차렸다. 나는 정말 오랜만에 인간의 움직임을 동물처럼 감지해 내고 연결 통로를 이용해 숨었다. "야호!" 얼마 만에 듣는 사람소리인가. 사람소리가 무서웠다. 그 사람들(집으로 찾아왔던 검은 옷을 입은 사람)이 이곳까지 나를 찾아왔는가 싶었다. 한동안 잊고 지냈던 기억이 되살아나서 나는 오줌이 누고 싶었지만 참았다. 갑자기 두려움이 몰려왔다. 이곳에 들어오고 시간을 잊고 살았다. 추우면 동물처럼 겨울잠을 잤다. 어느 정도는 가능한 일이었다. 산에서 자라는 것으로 연명을 해도 좋았다. 가끔 어둠을 타고 산 아래로 내려가서 양식을 구하는 일은 쉬웠다. 감자나 옥수수 고구마 밭을 뒤졌고, 개 사료를 훔쳐 오는 일도 어렵지 않았다. 개 사료는 정말 맛있는 음식이었다. 고소하면서도 달콤하고 오독오독 씹히는 맛이 있었다.

  나는 밖에 있는 사람이 돌아가기만을 기다렸다. 그는 다시 스틱을 툭툭 치면서 말했다. "계십니까? 안에 계십니까?" 하더니 조용했다. 조금 후 "여기 살고 계십니까?" 나는 그대로 있었다. 내 주위 환경이 갑자기 낯설었다. 그는 내가 이곳에 있다는 사실을 인지한 것 같았다. 그렇지 않고서야 밖에서 노크하듯 묻기만 할까. 불쑥 안으로 들어오기라도 할까 봐 나는 경계를 놓치지 않았다. 시간이 얼마나 지났을까. 살그머니 밖을 내다보니까 그가 바위 위에 걸터앉아 있는 뒷모습이 보였다. 나는 혼자라는 사실을 알고는 마음이 놓였다.

바위와 돌은 햇볕에 달구어져 뜨거웠다. 햇빛 때문에 눈이 부셨다. K 피디는 남자가 있던 곳에서 조금 떨어진 바위에 걸터앉아 있었다. 일행은 보이지 않았다. 이것으로 오늘 일정을 마쳐야겠다는 생각을 했다. 반달곰은 발견하지 못했지만, 사람을 발견했으니.

남자가 사는 곳은 열악한 환경이지만 결코 열악하지 않았다. 어쩌면 자연을 누리고 사는 사람인지 모른다. 맑은 공기와 풍경은 온전히 남자 것이다. 계곡이 가까이 있어 천연수를 마음껏 사용할 수도 있다. 산이 품고 있는 모든 것은 남자의 것일 수도 아닐 수도 있다. 산이 주는 묘한 매력을 K 피디는 알고 있다. K 피디가 알고 있는 것을 남자가 모를 리 없을 것이다. 위치 또한 남동쪽으로 향해 있어 최적의 안식처를 제공하고 있다. 굴속 깊이를 알 수 없으나 남자가 살기에 적당한 넓이를 갖추고 있을 것이 분명했다. 아마도 굴속은 여름에는 시원하고 겨울에는 따뜻한 그런 곳일 터다.

  K 피디는 묘하게 기분이 달아올랐지만, 침착하자고 스스로 다짐했다.

  산등선 아래쪽으로 너덜겅은 길이가 50~70미터쯤 될 것 같았다. 폭은 일정하지 않았지만, 가장 넓은 곳은 40미터쯤 될까, 어림짐작을 해봤다. 꽤 큰 너덜겅이다. K 피디는 탐방 산행으로 올라온 산이라 위치며 주위 환경을 다시 한 번 꼼꼼하게 정리를 해 두었다.

  다음 날 K 피디는 카메라를 점검하고 그곳을 찾아갔다. 오늘은 반드시 남자를 만나리라 다짐했다. 허락하지 않으면 모른 척하고 남자가 있는 곳에 들어가 보려고 했다. 그런데 어디가 어딘지 가늠하기가 쉽지 않았다. 기억은 믿을 만한 것이 아니었다. 눈으로 영상을 찍듯이 저장해 뒀지만, 기억을 따라 이동해 보니 엉뚱한 곳이 나왔다. 잠깐 당황스러웠다. 다시 너덜겅 아래쪽으로 내려와서 계곡을 따라 올라갔다. 드디어 남자의 샘을 발견했다.

  "실례합니다."

  안에서 대답이 없었다. 몇 번을 반복해서 대답을 기다렸지만 남자의 기척은 없었다. 긴장하며 가림막을 들치고 조심스레 안을 들여다봤다. 남자는 없었다. 동굴 안은 성인 남자 혼자 누울 수 있을 만큼 넓었다. 바닥에는 풀로 엮어 만든 자리가 깔려 있었고, 가장자리에 옷가지와 때 묻은 이불이 아무렇게나 흩어져 있었다. 어제 보았던 거무스름한 물통, 비닐봉지에 무언가 쌓아둔 것 외에 벽 쪽에 낡은 가방이 놓여 있었다.

남자가 뭘 먹고 사는지, 뭘 하고 사는지 궁금증은 잔물결처럼 넓이를 넓혀나갔다. 차라리 남자가 없는 것이 다행스러웠다. K 피디는 굴속을 빠르게 촬영했다. 남자가 있었다면, 동굴 속을 들여다볼 수 없었을 것이다. 낡은 가방에 놀랍게도 학생증이 있었다. 놓치지 않고 사진을 찍고 밖으로 나왔다. 긴장과 흥분이 쉽게 가라앉지 않았다. 남자를 기다렸지만, 남자는 쉽게 나타나지 않았다.

다음날도 그 다음날도 K 피디는 수차례 산을 올랐다. 이제 탈출한 곰이 아니라 남자가 더 궁금했고, 남자가 다큐멘터리의 주인공이 될 것이다. 이번엔 꼭 남자를 카메라에 담고야 말겠다는 다짐까지 했다.

돌과 바위를 비탈에 쏟아 놓은 것 같은 아득한 너덜겅을 바라봤다. 그리고 적당한 곳에 카메라를 설치하고 기다렸다. 시간이 얼마나 지났을까. 남자가 드디어 바위 사이에서 모습을 드러냈다. K 피디가 컵라면을 먹은 직후였다. 남자는 돌

위에 서더니 앞을 향해 "아!"라는 단음을 내뱉었다. 남자의 단음을 다시 생각해 봤다. "아!"인지 "하!"였는지 감탄사였는지 언어였는지, 정확한 발음을 구분하지 못했다.

얼른 카메라를 들었다. 앵글 속 남자가 고개를 들고 천천히 사방을 빙 둘러봤다. 찬스였다. 셔터를 빠르게 누르며 스냅사진과 동영상을 촬영했다.

남자는 절뚝거리는 걸음을 빠르게 움직이며 산 위쪽으로 횅하니 사라졌다. K 피디는 너덜겅에서 제일 크고 높은 바위에 올라갔다. 눈으로 좌우상하를 살폈지만 남자는 보이지 않았다. 그렇게 또 지루한 시간이 흘렀다. K 피디가 막 카메라 앞으로 왔을 때, 남자가 숲 속에서 불쑥 걸어 나왔다. 손에는 약초인지 산나물인지 모를 초록색의 식물을 들고 있었다. 남자가 바위 속으로 들어갔다. K 피디가 서둘러 남자 뒤를 따라갔다.

"안녕하십니까. 실례합니다."

동굴 안으로 슬쩍 몸을 반쯤 밀어넣었다. 아무도 없다. 분명히 조금 선 바위 속으로 들어갔는데 사람이 없다. 어안이 벙벙해서 주위를 살폈다. 이번에도 남자는 감쪽같이 없어졌다. 신출귀몰이라는 단어가 떠올랐다. 혼자 중얼거렸다. '분명히 이쪽으로 들어갔는데…' 오싹한 두려움이 밀려왔다.

나는 사람이 내 영역을 침범했다는 사실을 알았다. 나는 비밀 통로로 깊숙이 들어가 노출을 피했다. 그들이 동굴 입구에서 이렇게 말했다.
"이 새끼! 나오지 않을래, 그럼 불을 지펴줄까? 낄낄낄."
나는 악몽을 꿨다.

일행은 산 입구에 차를 세웠다. 다큐멘터리 팀이 한 명씩 차에서 내렸다. 너덜겅의 돌과 바위가 여전히 이국적인 느낌으로 다가왔다. 마치 SF 영화의 한 장면을 보고 있는 듯, 착각이 들기도 했다. 그곳에 사람이 산다는 사실은 흥미와 궁금증을 유발하고 시청자들을 유혹할 것이다.

K 피디는 지난 프로에 경쟁사에서 방영한 것을 재방송했다는 시청자들의 항의로 문책을 받은 직후라 더 야심차게 프로를 만들고 싶었다. '너덜겅에 사는 남자라…' 어떤 기분 좋은 예감이 머리를 스쳐 지나갔다. 이번 다큐멘터리로 인정받고 싶었다. 남자를 만나야 했다. 그런데 또 남자가 없다. 남자는 도대체 어디를 돌아다니는 걸까? 쉽지 않은 일정이 될 것 같다.

K 피디는 궁금증을 더 파악해야겠다고 생각했다. 지난번 동구네 동네만 다녀온 것이 미진한 부분이었다. 동구가 살던 집에 가보기로 했다. 동구가 살아있다는 소문은 사실이었지만, 실물을 본 사람은 K 피디뿐이었다. 동구의 존재가 없음에서 있음으로 바뀌었다.

K 피디는 동구의 진외가 할매의 허락을 받고, 동구의 일기장이나 메모지 같은 것을 찾아봤다. 공책 한 권에 수상한 메모가 계속되어 있었다. 8월이라고만 적힌 메모에는 이렇게 적혀 있었다. "그 사람들이 나타났다. 이번에는 내 신장을 팔면 된다고 한다. 얼마나 받을 수 있을까." 그리고 9월에는 "내 각막은 얼마나 될까. 그들이 요구하면 나는 줄 수밖에 …. 무섭고 두렵다. 얼마나 아플까." 그 뒤로도 온통 신체 매매와 관련된 이야기를 끄적거려 놓았다. 동구의 사생활을 적은 일기가 아니라 메모 성격이 강해서, 일행은 그 외에 아무것도 알 수 없었다.

주변이 희붐하게 밝아오고 있었다. 이곳을 떠나야 할 시간이 다가오고 있다는 사실을 본능적으로 알아차렸다. 다시 떠나지 않을 수 없었다. 나는 종이에 '제발 나를 귀찮게 하지 마시오'를 써서 바닥에 뒀다. 그리고 짐이랄 것도 아닌 낡은 가방을 메고 길 없는 산 속을 헤치며 나아갔다. 어디로 갈 것인가. 나는 다시 '시작'이라는 단어를 입으로 중얼거리며 산 능선에 올라서서 마을을 한참동안 내려다 봤다. 그리고 어림짐작으로 내 집 쪽을 응시하다가 돌아섰다.

K 피디 일행이 다시 너덜경으로 갔을 때, 사람 소리에 산비둘기가 푸드덕 날아올랐고, 청설모 한 마리가 놀라서 참나무를 타고 높은 가지 끝으로 재빠르게 올라갔다.

  동구가 사라졌다. 바위 아래를 뒤졌다. 사람의 흔적은 너무 단순했다. "제발 나를 귀찮게 하지 마시오." 좀머 씨가 궁시렁거리는 듯한 메모와 연기에 그을린 양은 냄비 하나, 허물처럼 옷 한 벌이 바닥에 놓여 있고, 안쪽 비닐 포대에 2킬로그램쯤 남겨둔 개 사료가 전부였다. 없어진 것은 낡은 가방이었다.

  단순히 동구의 흔적과 이름이 동네를 한 바퀴 휩쓸고 갔을 뿐 변한 것은 아무것도 없었다. K 피디는 산등성을 바라보며 생각했다. '어디서 다시 선택의 순간을 맞이하리라고…' 그때 산등선 너머로 커다란 새 한 마리가 날아갔다.

  해가 지도록 동구는 찾을 수 없었다.

로그인

아침 8시가 넘도록 숙영이 일어나지 않았다. 토요일이다. 텔레비전 리모컨을 누르다 번뜩 양말이 떠올랐고, 택배가 생각났다. 컴퓨터 파워를 누르고 택배 이동 경로를 확인했다. 도착일과 시간이 친절하게 안내되어 있다. 분조는 서둘러 밖으로 나왔다.

경비실 앞에서 분조는 핸드폰을 만지작거리며 앉아 있었다. 시멘트 바닥의 차가움이 엉덩이를 지나 등뼈를 타고 올라오는 느낌이 들었다. 냉기는 계단을 밟고 오르듯이 서서히 온몸으로 퍼져 나갔다. 손을 모아 비볐다. 바짝 마른 손바닥에서 삭삭 엷은 소리가 났고, 이내 온기가 배어 나왔다. 노출된 공간에 이렇게 홀로 있으면, 식당에서 혼자 밥 먹는 것만큼 타인을 의식하게 된다. 아파트라는 특성상 생각지 못한 곳으로부터 시선을 받을 수 있다. 괜히 마음이 조급해진다. 그 사이 현대 택배가 지나갔고, 우체국 택배가 지나갔다. '올 때가 됐는데…' 오른발에 혈액순환이 되지 않은지 다리가 저려왔다. 오므려 있던 다리를 펴고 발을 주물렀다. 피부가 예민한 반응을 했다. 근육들이 일제히 부스스 땅겨지고 늘어나는 것 같았다. 도로를 달리는 자동차 소리와 개 짖는 소리가 불규칙적으로 들리고, 아파트 그림자가 조금씩 길어지고 있었다.

분조는 자세를 고쳐 앉았다. 분리수거함 주위에 경비가 청소하는 것이 보였다. 그는 전에 105동 현관에서 근무하던 이다. 언제나 손에 청소도구가 들려 있었다. 성격이 깔끔한 사람이다. 분조가 경비원 중 유일하게 말을 섞는 사람이다. 그는 무인시스템 설치로 경비원들이 뭉텅 잘려나갈 때도 유일하게 직장을 잃지 않았다. 분조는 그도 얼마 못 버티고 그만둘 줄 알았다. 성실한 그가 박영철을 닮은 것인지 박영철이 그를 닮았는지 모르겠다. 두 사람은 분명 닮지 않았는데 그를 보면 박영철이 떠올랐다. 아마 분위기와 이미지 때문이리라. 인터넷 쇼핑이라는 그 생소한 공간을 쉽게 드나들 수 있음도 박영철의 도움이 컸다. 박영철을 생각하며 분조는 휴지

통 주위를 청소하는 그를 물끄러미 바라봤다.

　박영철은 복지회관 컴퓨터 강좌에서 만났다. 컴퓨터 강좌는 노인 수강생을 위해 마련되었다. 박영철은 유난히 이마 쪽 머리카락이 부분적으로 하얗게 변해 있었다. 검은 피부에 박쥐 눈이 매섭게 보였다. 전체적으로 깐깐하고 고전적인 인상이었다. 첫말을 더듬거리는 그는 외모에서 풍기는 인상을 단박에 바꾸어 버렸고, 잠시 어리둥절하게 했다. 박영철은 그곳에서 강사보조 일을 했다. 휴식시간이면 박영철 주위에 항상 사람들이 모였다. 박영철은 말을 빨리하려다 더듬기 일쑤였다. 그럴 때마다 느릿느릿 다시 설명해주기도 했다. 그의 설명을 듣고 있으면, 모두 기가 막히게 잘 알아들었다. 젊은 선생은 컴퓨터 전문용어로만 가르쳤고, 박영철은 같은 세대의 말로 천천히 재해석해서 가르쳤기 때문이었다.
　분조는 아무리 쉽게 가르쳐 줘도 도무지 알 수가 없었다. 젊은 시절 회사 경리를 보는 것보다 컴퓨터를 배우는 일은 훨씬 복잡하고 어려웠다. 몇 번 그만둘까, 할 때마다 박영철은 분조에게 반복해서 가르쳐 주었다. 분조도 알았다. 어려운 과정을 지나면, 편리함이 있다는 사실을. 그래서 쉽게 포기할 수 없었다. 컴퓨터 사용을 모르는 건 한글을 못 읽는 것과 같은 이치가 아니던가. 사실 오기도 있었다.

  박영철은 길 건너 아파트에 혼자 살고 있었다. 같은 아파트에 산다는 것은 행동을 조심스럽게 했다. 분조는 나이 팔십이 넘어도 수줍음과 낯가림이 있다. 이렇게 노출된 장소에서 보이고 싶지 않은 부분까지 드러내기 싫었다. 박영철에게 컴퓨터는 세상과 소통하는 도구였고, 게임을 즐길 수 있는 놀이기구인지도 모른다. 모든 것이 알면 쉬운 것이다. 모르는 것이 자랑일 수는 없다. 박영철은 가깝게 사는 이웃이라는 이유 하나로 선뜻 개인과외를 해주겠다고 했다. 자판기 위에 놓인 그의 두 손등에는 검버섯이 흐릿하게 피었고, 자글거리는 주름 사이로 푸른 실핏줄이 꿈틀거렸다. 손을 가볍게 움직일 때마다 피아노를 치는 것처럼 손가락이 유연하게 움직였다. 딸그락 딸그락 경쾌한 음이 들릴 때마다 문자가 모니터 화면에 쪼르르 솟아올랐다. 문자는 곧이어 문장으로 자라났다. 그는 상업학교 교사 출신답게 타자가 빨랐다. 분조는 더듬거렸고 서툴렀다. 고작 로그인하는데도 시간이 한참 걸렸다. 반복 학습밖에 없었다. 이메일이나 닉네임이라는 컴퓨터 용어를 알아가는 것도 즐거웠다. 차츰 인터넷상에서 물건 구매하는 방법이며 쇼핑하는 재미에 시간 가는 줄 몰랐다. 드디어 박영철과 채팅도 하게 되었다. 속도가 느린 것이 답답하겠지만, 박영철은 사람 좋게 천천히 하라며 문장이 완성될 때까지 기다려 주었다. 컴퓨터는 차츰 분조에게 없어서는 안 되는 물건으로 자리를 잡아 갔다. 컴퓨터를 켜 뉴스를 보고 이곳저곳을 서핑하면서 세상 밖을 바라보게 되었다. 인터넷 쇼핑에 들어가면 그 생생한 현장감이 아이쇼핑에서 느낌을 그대로 전달했다. 분조는 감탄하는 일이 많아졌다. 아마 '세상'이라는 단어를 그렇게 많이 사용한다는 사실을 분조 자신은 모르고 있을 것이다.

"세상에 이렇게 편리하다니. 세상이 이렇게 변하다니…. 세상에."

처음 인터넷 쇼핑으로 손자 옷을 사고 신발을 샀을 때 숙영은 칭찬을 아끼지 않았다.

"어머! 어머니 잘 샀어요. 어마나! 그렇게 싸게…."

그 칭찬에 힘이 났다. 숙영에게 옷 선물도 했다.

"어머! 어머니 너무 예뻐요. 이거 컴퓨터 배우라고 권한 보람이 있는 걸요."

숙영은 정말 기쁜지 하하 호호거리며 분조를 쳐다봤다.

"백화점에서 사려다가 그만둔 옷이랑 똑같아요. 어머니 고맙습니다."

숙영의 과장된 제스처가 싫지 않았다. 덩달아 기분이 좋았다. 인터넷 쇼핑에는 없는 것이 없고, 정보는 경제력이었다. 시장을 보듯 매일 인터넷 쇼핑을 하고 물건을 샀다. 몇 백 원 하는 귀걸이가 있는가 하면, 몇 천 원 하는 스웨터가 있다. 싸게 산다는 것은 기쁨을 주었고, 행복감마저 느끼게 했다. 옷에서 음식으로 운동기구로 건강식품으로 차츰 범위도 넓혀 갔고, 가격도 높아갔다. 카드 결제는 숫자에 예민하던 분조를 과감하게 바꾸어 놨다. 심지어 헬스기구를 살 때는 6개월까지 할부를 했다. 아들 내외는 용돈으로 한 달에 오십만 원을 주었고, 생활비는 따로 주지 않고 카드를 주었다. 카드로 안 되는 것이 없었다. 컴퓨터 앞에 앉아 있는 시간도 길어졌다. 인터넷 쇼핑으로 산 음식 재료는 냉동실에 쌓여 갔다. 구매하는 즐거움은 시대에 뒤떨어지지 않고 살아가고 있다는 자신감까지 가져다줬다. 자신감이 넘쳐 약간의 문제가 생겼다.

  언젠가 숙영이 집에 있을 때였다. 택배 기사가 하루에 세 번 현관 벨을 눌렀다. 한 번은 반품처리로 올라왔고, 한 번은 포인트를 모아서 산 손자 반소매 옷이었다. 마지막 온 것은 이벤트 당첨으로 온 화장품이었다. 금액으로 따지고 보면 결코 손해 본 계산은 아니었다. 문제는 아파트 인건비 차원에서 현관 경비를 없애고 무인시스템을 설치한 것에 있었다. 집으로 걸려온 인터폰 소리에 숙영이 민감하게 반응했다. 처음에는 "또 택배에요." 하더니 두 번째와 세 번째는 대놓고 "아유 지겨워! 저 택배 땜에 내가 못 살아! 무슨, 하루에 세 개씩이나. 제발 어머니 그것 그만하셔요. 좀 편안히 쉬고 싶어요."
'이벤트 당첨으로 호두파이가 오고, 피자를 공짜로 먹을 때는 대단하다며 그것도 능력으로 보아 주더니만 변덕도….'

그날 아들 내외는 방문을 닫고 싸웠다. 택배가 문제가 될 줄은 꿈에도 몰랐다.

토요일만 피하면 되는데…. 이 일을 어떻게 할까. 숙영이 모르게 택배를 받을 수 있는 통로가 없을까. 가장 좋은 방법이야 인터넷 쇼핑을 그만두는 것이지만 도저히 끊을 수가 없다. 그것은 밥을 먹지 않겠다는 것과 같았다. 그렇다면 '그래 관리실로 배달하게 하자.' 왜 이제야 생각났지. 분조는 스스로 그 영특한 생각이 대견해서 만족한 웃음을 흘렸다. 배달 주문을 관리실로 넣었다.

저녁을 먹고 막 일어서려는데 인터폰이 울렸다. 인터폰 옆에 있던 숙영이 받았다. 분조가 황급히 거실로 갔다. "택배 찾아가세요." '관리실로부터 온 것이구나.' 분조는 당황한 얼굴로 며느리를 바라보고 서 있었다. 네네. 하더니 숙영이 인터폰을 거칠게 놓았다.

"어머니! 이제 택배를 관리실에 맡겨요! 그런다고 제가 모를 줄 아셨어요?"

손자가 보는 앞에서, 분조는 조금 부끄러웠다. 무슨 큰 죄를 지은 것 같았다. 옆에 있던 아들마저 "어머니 그것 그만하면 안 돼요." 했다. 귀를 틀어막고 싶었다. 차라리 나더러 밥을 먹지 말라고 해라. 분조는 아들 내외를 향해 소리질렀다. 가만히 있던 손자가 갑자기 왕하고 울었다. 분조는 관리실로 향했다.

컴퓨터 무료강좌 정보를 처음 알려준 것은 며느리 숙영이었다. 돌봐야 할 손자가 학교에 들어가자 직장을 벗어난 사람처럼 한동안은 편하고 좋았다. 시간이 지나자 무료함이 찾아왔다. 컴퓨터 수강을 하기로 마음먹은 것도 그즈음이었다. 언젠가 배워야겠다는 생각만 했었지, 그 생소한 단어의 벽을 넘는다는 것에는 망설임이 있었다. 여든셋이라는 나이에 용기를 냈었다.

그때 컴퓨터를 배우지 않았다면…. 생각하기 싫었다. 분조는 하루 중 유일하게 즐겁고 재미있는 시간이 인터넷 쇼핑할 때였다. 그 즐거움을 그만두라니…. 그럼 쇼핑만 하자 다짐했지만, 쇼핑 화면을 쳐다보고 있으면 보험도 들어야 할 것 같고, 각종 영양제와 관절에 좋다는 글루코사민은 자신에게 꼭 맞는 제품 같았다. 클릭하려는 순간, 머리보다 손가락이 먼저 반응하는 행동에 자신도 놀랐다. 분조는 멈칫하며 '미쳤군' 혼잣말을 했다. 자신의 행동을 제어하기 위해 집 밖으로 나가보기도 했다.

공원 정자에 모인 노인들이 윷놀이를 하고 있었다. 분조가 가까이 가서 쳐다봐도 그 누구도 눈길 하나 주지 않았다. 그 단단한 그들만의 세계에 비집고 들어설 틈이 없었다. 윷이 공중에서 한 바퀴 돌아 떨어지는 순간 "와와" 하는 소리는 그들만이 공유하는 언어처럼 들렸다. 웃는 그들의 모습이 낯설어 분조는 멀뚱히 바라보다 멋쩍어 그 자리를 물러섰다. 어디에도 섞여들지 못한 자신이 숭늉 위에 떠 있는 기름처럼 느껴졌다.

하루에 몇 번씩 그래, 그만하자. 다짐하지만 하루가 가기 전에 쇼핑몰을 들여다보고 있는 자신을 발견했다. 즐겨찾기에 등록된 것은 죄다 쇼핑몰이다. 하루에 한 번 들어가 보지 않으면 궁금증이 온몸에 발작을 불러올 것 같았다. 분조가 변비로 고생하자 숙영은 교사답게 "그렇게 하루 종일 컴퓨터를 껴안고 있으니…. 당연한 결과죠"라며 히죽 웃었다. 그때 자신이 왜 이렇게 어리석나 싶었다. 무릎을 치며 인터넷 쇼핑이 있었지. '바보가 따로 없다니까.' 컴퓨터는 친절했다.

'변비 찍빵' 보타닉화이버플러스, 친환경 알로에 분말정 등 변비에 관한 정보가 넘치고 있었다. 자신의 손으로 해결할 수 있음이 감격스러웠다.

며느리 숙영의 잔소리만 아니라면 택배를 마중나올 이유는 없다. 계단을 오르는 발걸음 소리만 들려도, 심지어 옆집 벨 소리에도 촉각을 세웠다. 베란다를 들락거리면서 택배를 기다리다 아예 밖으로 나왔다. 시간은 더디게 갔다. 그렇게 한 시간쯤 지났을까. 박영철이 저쪽에서 걸어오고 있었다. 분조는 나쁜 짓을 하다 들킨 아이처럼 움찔했다.
"뭐으을 기다립니까?"
숙영 때문에 택배를 집에서 받지 못한다는 이야기를 차마 할 수 없었다. 그사이 택배차가 멈추었고, 황급히 받는 손길에 긴장감이 사라지면서 기운이 탁 풀렸다. 박영철은 고용원으로 산책이나 가자고 했다.
"대에나무숲 길이 시원하답니다."
박영철이 유난히 앞 문장을 더듬거리며 말했다. 여느 때 같으면 공원을 걷느니 컴퓨터에서 고스톱 치는 것이 낫겠다고 생각했겠지만, 환경이 그렇지 못했다. 집에 숙영이 있기 때문이었다. 숙영이 택배 때문에 스트레스를 받는다면 분조는 숙영 때문에 스트레스를 받고 있었다. 혼자 있는 시간이 편안한 분조다. 움직이는 공간이 비록 작지만, 좁다고 느껴본 적이 없다. 사람 속에 있으면 오히려 혼자 있는 것 같고, 혼자 있으면 사람 속에 있는 착각이 든다. 쇼핑몰은 언제나 화려하고 분주하고 활기찼다.

대나무숲 속의 그늘은 안정적이다. 숨기고 싶었던 이야기를 단정하게 박영철에게 말하고 싶어졌다. 왠지 모를 일이다. 갑자기 박영철이 가깝게 느껴졌다. 박영철이라면 이해해 줄 것 같았다.

"그으것 기다리고 있었습니까?"

박영철이 분조 손에 있는 택배를 턱으로 가리키며 말했다. 말하려던 참에 용케도 먼저 물어주어 고마웠다.

더딘 걸음을 옮기며 "저기, 그, 뭐. 아무것도 아닙니다."라며 말문을 닫았다. 불편한 관계인 며느리 이야기를 하는 것이 자식 홍보는 것 같아 주저했다. 박영철은 더욱 궁금한 듯 재촉했다.

"마을쓈 하세요. 괘엔찮습니다."

이싱했다. 박영철이 그렇게 말하니 친근감까지 들었다. 사람이 불편해서 컴퓨터 학원에서도 수업이 끝나면 곧장 집으로 달려오던 분조가 아니었던가. 오랫동안 닫혀 있던 말문이

트이는 것같이 무엇이든 말하고 싶어졌다. 벌써 말이 입술을 움직이고 있었다.

작은아들네 집 살림을 맡아 온 지도 10년이 넘었다. 며느리 잔소리를 흘려듣기에는 옹이진 가시가 박혀 있었다.

"어머니 제발 이 재료들을 활용하셔요. 매일 사는 것만 좋아하시지 말고…."

자신이 생각해도 한동안 마트에 가지 않고도 먹을 수 있는 재료들이다. 며느리 숙영은 언제나 옳은 말만 골라서 했다. 그것이 그녀를 분통 터지게 했다. 초등학교 교사답게 며느리 숙영은 꼭 원산지를 확인하는 버릇이 있다. 분조 미각으로는 맛의 차이를 느끼지 못하는데, 숙영은 감독하듯 음식 재료들을 살펴보고는 "어머니 보셔요. 여기 인도네시아라고 적혀 있죠. 또 봐요. 이것은 중국산이잖아요."라고 타박했다. 분조도 알고 있다. '그래서 어쨌다는 거야.' 늘 저만 똑똑한 척하는 잔소리와 꼿꼿하게 서서 초등학생 가르치듯 하는 자세에 화가 났다.

"매번 이야기해도 그걸 모르세요."

"오냐, 잘난 너랑 내가 비교가 되냐."

"어머니 지금 그게 아니잖습니까."

"무식해서 미안쿠나."

"뭔 말이 통해야 대화가 되지, 이거야 답답해서…."

"그래 시에미한테…. 니 학교서 학생한테도 그래 가르치나?"

숙영은 직업을 가지고 이야기할 때마다 할 말을 잃었다. 분조는 슬쩍 며느리 눈치를 살펴보았다. 숙영은 억지스러울 만큼 감정을 감추고 있었다. 누구나 도덕적인 문제에 부딪히면 자신이 없어진다. 분조는 그것을 노렸다.

분조는 택배 때문에 이렇게 밖에서 기다렸다는 말을 끝으로 입을 다물었다.

박영철은 이해한다는 듯 허허 웃었다.

"그러럼 내 집 주소로 하세요."

"네에!"

분조도 오랜만에 속엣말까지 뱉어내고 나니 후련했다. 대나무 잎이 서걱거린다. 더운 날에도 운동하는 사람들은 얼굴 마스크로 가면을 하고 연극을 하듯 대나무 숲을 돌아 나왔다. 박영철은 모든 것을 알고 있는 듯 너무도 쉽게 해결해 주었다. 엉뚱한 곳에서 해결하고 보니 조금은 허전했다. 긴장감에서 오는 맥빠짐이랄까. 숙영이 집에 있는 여름방학에만 그렇게 하겠다고 했다. 택배는 박영철 집으로 배달되었다. 분조는 꼭 이렇게 해야만 할까, 자신에게 질문했다. 뻔히 알면서도 자제가 되지 않는 게 문제였다.

컴퓨터를 하면서 분조는 도무지 사람 만나는 것이 부담스러워졌다. 컴퓨터에서는 혼자서 못 하는 것이 없었다. 재미있게 놀 수 있었고 의식주를 해결할 수도 있었다. 손자들 키울 때는 손자들 때문에 사람을 만나지 못했고, 이제 컴퓨터만 있으면 일상생활에 불편함이 없었다. 사람을 만날 필요성이 사라졌다. 일정한 공간에서 맴도는 애완견처럼 분조의 하루는 다섯 평 공간에서 시작되고 끝이 났다. 불만은 없었다. 노래를 부르고 싶으면 가곡이든 유행가든 컴퓨터 자판기만 두드리면 부르고 싶은 노래, 듣고 싶은 음악이 흘러나왔다. 분조는 사람 이름보다 닉네임에 더 친숙하다. 복잡한 인간관계보다 컴퓨터는 단순해서 좋다. 그저 로그인만 하고 들어가면 무엇이든 할 수 있는 공간이 열려 있다. 물건을 사는 것, 뉴스, 정보, 이 모두는 새로운 세상으로 가는 외출이었다. 걸어 다니지 않고도 쇼핑의 즐거움을 누리다니. 분조는 상상할 수 없는 거대한 공간으로 이끌리듯 두리번거리며 한 발씩 걸어 들어갔었다. 유일하게 밖으로 연결된 택배는 세상을 이어주는 안테나 같았다. 숙영의 방해는 다분히 공격적이었다. 숙영과 팽팽한 신경전에 피곤하기도 했다.

숙영이 직장에서 돌아오기 전 분조는 시집간 딸을 불러 냉장고 것들을 꺼내 주었다. 딸도 좋아했다. 엄마 덕분에 시장 가지 않아도 되겠다느니…. 저렴하게 샀다고 칭찬까지 했다. 그러더니 엄마, 제발 줄 것 있으면, 좀 빨리 줘. 꼭 유통기한이 아슬아슬할 때 주지 말고. 음식 재료가 쌓이면 딸을 불러 나누어 주는 것도, 용돈을 떼 주는 것도, 딸에 대한 미안함을 조금이라도 지우고 싶어서였다. 분조는 딸이 세 살 때 재혼을 했다. 둘째 아들과 딸은 나이가 같다. 성이 다를 뿐이다. 딸도 둘째 아들만큼만 공부시켰다면, 딸이 그렇게 안쓰럽지 않을 터이다. 아들 둘은 대학을 보냈지만, 딸은 그렇게 하지 못했다. 경제적인 능력도 없었다. 데려온 자식까지 대학을 보내면 욕심이다 싶었다. 그것이 살아가는 동안 이렇게 후회가 되고 마음이 아플 줄 몰랐다. 보이지 않지만 느껴지는 것이 한두 가지가 아니다.

딸을 배웅하러 현관까지 따라 나간 분조는 현관에서 숙영과 정면으로 마주쳤다. 딸에게 외손녀 학원비 봉투를 막 건네고 있을 때였다. 하필 그때 현관문이 확 열렸다. 숙영은 딸의 양손에 들려진 종이가방을 슬쩍 쳐다봤다. 며느리 눈치를 보는 마음이 편하지 않았다. 그 뒤로 숙영은 불만이 있을 때마다 어머니 충동구매 그만하시면 좋겠어요. 그 뒷감당 누가 해요. 남 좋은 일 시키고자 아범이나 저 일하는 것 아닙니다.
성질 같아서는 아들이 준 카드를 던져주고 싶었다. 아마도 딸년에게 건네던 학원비와 양손에 들려 보내던 음식 재료가 발단이려니 했다. 숙영은 거실을 거쳐 방으로 들어가면서 혼잣말처럼 중얼거렸다. '이건 인터넷 중독이야. 중독이라구….'
 아들을 친자식처럼 키웠는데…. 서운하고 허전했다.
 건조한 기계가 사람 관계보다 깔끔하고 깨끗하다고 분조는 생각했다. 감정이 없으니 서운함이 묻어날 일이 없다. 손가락이 움직이는 명령에 복종할 뿐이다. 컴퓨터에는 온 세상이 그 속에 통째로 있으니 외로움도 느끼지 못한다. 날마다 새로움만 있다. 그래서 분조는 컴퓨터를 켤 때마다 바탕화면에 뜨는 '새로운 세상'이라는 문구를 좋아했다.

 분조는 길 건너 아파트로 향했다. 박영철은 후줄근한 체육복 바지에 탈색된 검정 셔츠를 입고도 스스럼없이 현관문을 열었다. 처음 방문했을 때 현관에 분조가 서 있는 것을 확인하고는 난감해하는 표정이 역력했다.
 "바아악 여사가 오리란 생각을 못 했는데…. 잠깐 기다려요."
 현관문이 닫혔다. 덜거덕거리는 소리가 잠깐 나고, 분주한 발걸음 소리가 들렸었다. 박영철이 다시 문을 열고 밖을 향해 손짓했었다. 그랬던 박영철이 분조와 친해진 탓일까. 흐트러진 모습에도 아랑곳하지 않고 들어오라고 했다. 집안은 컴컴했고 노인 냄새와 음식 냄새가 섞여 났다. 둘둘 말린 이불이 구석에 있었고, 고혈압 약봉지가 작은 바구니에 담겨 텔레비전 옆에 있었다. 컴퓨터는 켜져 있다. 박영철도 컴퓨터를 하고 있었던 모양이다. 분조가 컴퓨터를 쳐다보자 박영철이 말을 꺼냈다.

"박아악 여사! 컴퓨터 저것 참 영물이요. 저기 들어가면 시간 가는 줄 몰라요. 그렇지요. 허허. 박 여사 앞에서 내가…. 세상이 이렇게 좋아졌는데 나이가 원수지. 집에 앉아서 못 할 게 없어요. 이제 힘없는 우리도 앉아서 모든 일을 다 할 수 있으니 얼마나 좋은 세상이요."

택배를 떠올렸다.

"이번엔 뭡니까?"

분조는 박영철에게 면도기를 내밀었다.

"그동안 고마워서 선물하는 겁니다."

"허허. 그- 그렇잖아도 하나 사려던 참이었는데…. 바- 박 여사뿐이라니까."

아이처럼 좋아하는 박영철이 천진스러워 보였다.

카드결제를 현금결제로 하니 차츰 구매력이 떨어지기도 했지만, 인터넷 쇼핑을 그만 두지는 못했다.

한동안은 택배 때문에 숙영과 마찰은 피했지만, 숙영은 무슨 불만이 있는지 늘 마뜩잖은 얼굴을 하고 있었다. 분조는 택배 흔적을 남기지 않았다. 포장지는 돌아오는 길에 쓰레기통에 버렸고, 산 물건들은 방에 숨겨 두었다. 숙영을 감쪽같이 속이는 그 행위가 슬슬 즐거워졌다. 비밀을 하나씩 만들어 가는 그 기쁨은 자유를 보상받는 것 같았다.

택배를 받으러 가는 길에 박영철에게 줄 장어요리와 버섯볶음 같은 반찬을 손에 들고 갔다. 죽은 남편이 좋아하던 음식이다. 분조는 가족이 아닌 누군가를 위해 음식을 만드는 즐거움이 새로웠다. 가는 길에 경비를 만나면 먼저 큰 소리로 인사했다. 감나무에 감이 탱탱하게 영글어 가는 모습을 봐도 손자의 볼살처럼 귀엽기만 했고, 붉은 과꽃의 향기를 맡아보기도 했다. 검버섯이 난 박영철의 손등은 남편의 손등을 닮아 있었다. 박영철과 함께 있으면 아들의 아버지, 죽은 남편과 함께 있는 듯 편안했다. 함께 점심을 해 먹고 산책을 하고 차를 마시는 평범한 아니 하찮은 일들이 소중하게 다가오는 것은, 혼자라는 사실을 잊게 하고 인터넷 쇼핑을 멀리하게 했다. 박영철이 기운이 없어 보이면 더럭 겁이 나곤

했다. 두 남자를 먼저 보낸 분조가 아니었던가. 박영철까지 그렇게 보내면…. 생각을 하다 몸을 세차게 흔들었다.

문득 첫 남편을 떠올렸다. 딸의 아버지. 그의 얼굴이 도무지 생각나지 않았다. 검은 형상 하나가 웅크린 짐승처럼 둥근 바퀴가 되어 천천히 굴러왔다. 마치 저 우주 밖에서부터 계획적으로 오고 있었던 것처럼. 이상한 일이다. 그러고 보니 딸의 아버지, 첫 남편의 제사도 잊고 있었다. 연관성을 잃어버려 단순해진 탓이다. 마치 발전한 도시를 보면서, 그 이전의 모습은 생각나지 않는 것처럼 현실만 있었다. 첫 남편의 기억은 토막토막 잘려 있을 뿐이다. 살아오면서 문득문득 감당 못 할 절망 앞에 서면 첫 남편에게 한 저주가 떠오르곤 했다. "죽어라 제발 죽어버려." 정말 그가 죽자 그 저주가 자신을 향해 달려오던 상상들. 박영철을 알고부터 분조는 다시 그 상상에 시달렸다. 어느 날부터 박영철이 갑자기 분조에게 중요한 사람이 되어 있었다. 그가 먹는 약이며 식사가 궁금했고, 그의 손가락에 난 작은 흉터 하나까지 관심이 갔다. 잔기침에도 모르는 척했지만, 자꾸만 신경줄 하나는 박영철의 건강에 가 있었다. 고향에 며칠 있는 동안 박영철이 자꾸만 떠올랐다. 박영철에 대해 이토록 많은 생각을 한꺼번에 그것도 집중해서 하는 자신이 민망스럽기까지 했다.

고향엘 갔다 오는 길에 박영철 집으로 갔다. 택배가 없어도 그가 궁금해서였다. 2층인 그의 집으로 올라가는데 갑자기 형광등이 꺼져버렸다. 캄캄함이 음침하다. 누군가 음식물을 흘렸는지 양파 썩은 냄새가 흐릿하게 났고, 부패한 생선 냄새가 나는 듯도 했다. 분조는 찡그리며 코를 막고, 2층으로 걸어갔다. 현관 앞에 신문이 쌓여 있었다. 분조는 신문을 발로 밀치고, 현관문을 돌려봤다. 잠겨 있었다. 벨을 누를까 하다 돌아섰다. 퀴퀴한 냄새는 2층 복도까지 따라왔다. 가로등 불빛이 유난히 환했다. 그제야 며칠 동안 한 번도 연락하지 않았음을 후회했다. 아니 한 번도 연락하지 않은 것은 아니었다. 고향에 다녀온다고…. 전화와 문자를 했었다. 답이 없었다. 무슨 일이 있었기에…. 캐나다 이민 갔다는 아들이 왔는가? 아니면 어디를 간 것일까. 피붙이라고는 사촌밖에 없다고 했는데…. 아니면 설마 병원에 입원? 분조는 고개를 좌우로 흔들었다. 핸드폰을 눌러도 전원이 꺼져 있다는 기계음만 들렸다. 다시 더듬더듬 문자를 했다. 박영철이 문자 보내는 것도 알려 줬었다. 설명문을 읽어도 무슨 말인지 도무지 알지 못했던 말들이 박영철을 통하면 쉽고 간단했다. 답답한 것들이 하나씩 풀릴 때마다 숨통이 트이는 것 같았다. 분조는 계단을 내려오다 다시 올라가 박영철의 집 현관문 밑

우유함을 열고 안을 들여다봤다. 박영철이 신고 다니던 흰 운동화가 어슴푸레하게 보였다. 집안에서 고약한 냄새가 훅 끼쳐 왔다. 분조가 얼굴을 찡그렸다. 그리고 가지고 간 초코 우유를 우유함으로 밀어 넣었다. 텅하고 물체가 떨어지는 무게가 울려 나왔다. 초코우유를 빨대로 빨아 먹던 박영철의 모습이 떠올랐다.

분조는 갑자기 불안했다.

다음날 관리실로 갔다. 관리실 직원 그 누구도 그의 사라짐을 모르고 있었다. 난감했다. 아파트라는 거주지가 원래 바로 옆집이라도 왕래가 없으면 벽 하나로 밀폐된 공간이 아니던가. 누구에게 알아볼 수 있는 방도가 없었다. 고작 자신이 할 수 있는 일은 현관 앞에서 벨을 누르는 일밖에. 사람이 죽었다 하더라도 자신이 할 수 있는 일은 없었다. 불길한 예감은 시간이 갈수록 깊어지고 있었다. 아무것도 할 수 없었다. 수십 번 핸드폰만 누르고 또 눌렀다. 탄식처럼 한숨이 나오기도 했다. 열대야 현상은 연일 이어지고 있었다. 무엇이든 행동으로 해야 했다. 경비실 직원은 박영철 씨와 무슨 관계냐고 물었다. 무슨 관계. 꼭 무슨 관계여야 하는가. 당황스럽다. '부적절한 관계'를 떠올리자 정말 불륜 관계를 저지른 것 같이, 퍽 외설적으로 느껴졌다.

"저, 그냥 아는 사이지요."

직원은 야릇한 눈빛으로 말했다.

"언제 마지막으로 만났어요?"

"글쎄."

머뭇거리는 사이 옆에 직원이 서류를 뒤적이며 말했다.

"뭐, 자식들 집에 갔겠죠."

"한가한 소리 마세요! 자식이 있으면 내 뭐 하러 걱정을 하겠소. 박 선생님은 고혈압과 당뇨까지 있는 사람…."

말소리가 떨려 나왔다.

"그럼 병원에 입원했나 보죠."

"혹 며칠 전에 앰뷸런스 같은 거, 우리 동네 오지 않았나요?"

직원들이 서로 얼굴을 쳐다봤다.

"앰뷸런스가 와도 우리 퇴근 시간이라면 모르죠. 출근하기 전이라도 알 수 없는 일이고. 그럼 함께 그 집으로 가봅시다."

구름 낀 후덥지근한 날씨가 발자국을 뗄 때마다 지열을 느끼게 했다. 직원은 벨을 누르고 현관문을 몇 번 잡아 당겨보았다.

"뭔 냄새 나지 않아요?"

"어. 그런 거 같은데."

직원은 문틈으로 코를 갖다 대고 킁킁거렸다. 그리고 옆집 벨을 눌렀다. 젊은 여자가 나왔다.

"무슨 일로…."

"혹 옆집 할아버지 언제 보셨어요?"

여자는 갑자기 귀찮은 듯 "글쎄요. 제가 잘 나가지 않아서…." 하고는 문을 꽝 닫고 들어가 버렸다.

"현관문을 열고 들어가 보면 안 될까요? 주인 허락 없이 못 들어가죠."

분조가 난감한 표정을 짓고 관리실 직원을 쳐다봤다. 관리실 직원은 "경찰에 신고하면 됩니다."라고 했다. 뜻밖에 그 문제는 간단하게 해결이 되었다. 분조는 경찰에게 가급적 혼자 조용히 와 달라고 당부했다. 경찰은 정말 혼자 오토바이를 타고 왔었다.

현관문을 열고 집 안으로 들어가자 짐승의 썩은 냄새가 칭칭 감겨왔다. 파리가 윙윙거렸고, 구더기가 꼬물꼬물 기어가고 있었다. 눈을 뜨고 차마 볼 수 없을 뿐 아니라 숨도 제대로 쉴 수가 없었다. 박영철은 이불에 엎드려 있고, 컴퓨터 전원은 켜진 상태다. 관리실 직원이 코를 막고 할아버지. 할아버지. 하며 윗옷을 당기자 물컹하니 붉은 핏물이 쏟아졌다. 관리실 직원이 놀라 뒤를 돌아봤다. 모두 코를 막고 얼굴을 찡그리고 있었다. 경찰은 모두 뒤로 물러나게 하고 사진을 몇 컷 찍었다. 여름인데도 방문은 꼭꼭 잠겨 있었고, 형광등은 켜져 있다. 주방에는 우산이 펴져 있고, 도자기 절구통에는 약을 간 흔적이 있었다. 도자기 절구통에 붉게 핀 장미꽃 그림이 슬픈 액자처럼 다가왔다. 약봉지가 박영철 옆에 있다. 언젠가 알약이 목구멍에서 넘어가지 않는다고 했다. 그때 분조가 그럼 갈아서 먹으면 되지요. 했고, 박영철은 "역시 박 여사야" 했다. 절구통을 인터넷 쇼핑에서 저렴하게 구입해 준 것도 분조 자신이었다.

경찰은 조서를 꾸몄고, 신원조회로 박영철의 사촌이 왔었다. 박영철은 상황 증거로 보아 분조가 고향으로 떠난 저녁쯤 사망했다는 결론이 났다.

분조는 머리가 텅 비어 버린 듯 아무 생각도 할 수 없었다. 비틀거리며 빈집으로 향했다. 시계 소리를 들었다. 몹시 피곤했다. 씻는 것도 잊고 누웠다. 안개처럼 자욱한 저 먼 곳으로부터 누군가 터벅터벅 걸어 나왔다. 그가 말했다. 고맙소. 분조는 흐릿한 모습을 확인하고, 그의 옷을 잡으려고 손을 뻗었다. 그러자 돌아서 걷는 뒷모습이 지평선 너머로 사라지고 있었다. 박영철이다. 박영철은 그렇게 꿈에서 현실처럼 찾아왔었다. 분조는 그 생생한 모습을 잊을 수가 없다. 늙은 사람

하룻밤 사이 안녕이라더니….

한동안 아무것도 할 수 없었다. 입이 까칠해서 도무지 음식 맛을 느끼지 못했다. 방안에만 있었다. 사는 것이 무의미했다. 그래도 세상이 궁금했다. 컴퓨터를 켰다. "혈압약을 복용하던 50대 여성 갑자기 사망"이란 기사가 인터넷 화면에 떠 있었다. 눈을 크게 뜨고 클릭했다. 알약은 처방대로 먹어야 서서히 몸에 흡수가 되는데 갈아서 먹었기 때문에 흡수가 빨라 심장이 멈추어 버린 것이라고 했다. 입에 침이 바싹 마르고, 혀가 굳어지는 것 같았다. 심장이 두근거렸다. 손가락은 덜덜 떨려왔다. 분조는 멍하니 컴퓨터 화면만 바라보고 있었다. 죄책감이 온몸을 휘감아 옥죄여 왔다. 이 일을 어쩌지. 어째. 분조는 박영철을 숨지게 한 원인을 제공한 자신의 무식함을 탓했다. 아무도 알 수 없는 그 일은 분조의 양심을 찢고 할퀴었다. 입맛이 떨어지더니 급기야 어지러워 일어날 수가 없었다.

누군가 방문 여는 소리가 나고 "어머니. 어머니." 하며 자신의 몸을 흔들었다. 얼핏 큰아들의 목소리가 들려왔다. 다시 눈을 크게 뜬다. 맞다. 큰아들이다. 어머니 내일 생신인데 저희가 저녁 함께 하려고 왔어요. 큰며느리도 왔다.

"하루 종일 왜 전화도 안 받아요. 핸드폰도 꺼져 있고…."

숙영의 목소리다. 숙영은 정말 걱정이 되었는지 분조 옆으로 바짝 다가와 앉았다. 분조는 누워서 생각해 본다. 컴퓨터를 켜고 뉴스를 봤다. 그래 그랬었지. 그리고 모니터 화면에 '50대 여성 갑자기 사망' 기사를 클릭하고 그다음 박영철의 주검이 떠올랐다. 분조의 눈에서 한줄기 눈물이 주르르 흘렀다.

"자자. 어머니 빨리 일어나요. 에! 우리 어머니 정말 어디 아프신 거 아니에요?"

숙영은 아무 일 없었다는 듯 마알간 얼굴로 말했다. 분조는 무슨 말을 해야겠는데 말이 나오지 않아 더듬거렸다. 멀리서 자동차 경적이 길게 이어지고, 바람에 버티칼이 딸각거리며 흔들리는 소리가 희미하게 들려왔다.

분명하고도 충분한

연숙은 남편의 집을 잃어버렸다. 남편의 집은 햇볕이 잘 들어오는 산자락 양지바른 곳에 있었다. 연숙은 남편의 산소를 남편의 집이라 생각했다. 그 집은 평생 아니 영원히 그곳에 있어야만 했다. 이장하지 않는 한 움직일 수 없는 것 아닌가. 그런데 산소에 주인이 나타났다. 주인이라니…. 죽은 자의 보호자다. 당연히 연숙이 산소의 주인이 아니던가. 이건 분묘 기지권하고 차원이 다른 문제다.

산소 주위 환경은 그대로였다. 변한 것은 나무가 자랐을 뿐, 바위는 그 위치에 있었다. 무엇이 잘못된 건가. 혼란이 일었고, 황당한 일이었다. 평생 처음 당한 일이고 보니 가슴이 벌렁거려 가만히 서 있을 수 없었다. 산소 앞에 철퍼덕 앉았다. 분명히 그 산소는 남편의 무덤이 확실하다고 믿었다. 증거는 없었지만, 확신은 있었다.

연숙은 운전석에 앉아 몇 년 전 남편 산소를 찾아갔을 때를 기억했다. S읍에서 20분 거리에 있는 작은 마을을 지나면 길은 하나뿐이다. 산길을 5분 정도 걸어 들어가면, 왼쪽으로 난 오솔길이 나온다. 그 오솔길을 따라가면 된다. 그런데 갑자기 작은 마을 이름이 생각나지 않았다. 아무리 생각해도 기억은 재생되지 않았다. 좁은 길이며 길옆에 잡초와 빈 밭의 풍경은 또렷하고 선명하다. 마을을 지나 산기슭으로 오르면 마을은 마치 커다란 분화구 가장자리에 들어서 있는 것 같았다. 거기까지 생각하자 반짝 마을 이름이 생각났다. 맞다. 분강이다. 분강 마을만 찾으면 쉽게 찾을 수 있을 것 같았다. 네비에 명칭으로 검색했다. 곧바로 주소가 떴다. 연숙은 심호흡을 한 번 했다.

아들이 중학교 1학년 때 일이었다. 지금 그 아들이 군대를 다녀와서 대학을 복학했으니…. 시간은 동백꽃 떨어지듯 툭툭 지나갔다. 첫해에 몇 번 남편 산소를 찾았지만, 그 사이 무심했다. 그 무심함을 산소를 이곳 종중산에 써야 한다고 주장한 시백부 탓으로 돌렸다. 수목장이 유행처럼 번지던 무렵이었다. 그 꼬장꼬장한 노인 말을 듣지 말아야 했었는데…. 부질없는 생각이 스쳐 지나갔다. 길을 나서자 남편에게 미안함이 어느새 원망으로 바뀌고 다시 미움으로, 미움은 그리움으로 차올랐다.

 연숙은 삶이 잃어버린 도박처럼 지나가고 나서야, 미완의 시간을 천천히 돌아봤다. 미완의 시간은 완성하지 않은 그림처럼 마음 한구석에 늘 웅크리고 있어 개운하지 않았다.

 승용차로 고속도로와 국도를 달려 분강 마을로 가는 입구에 들어섰다. 산길은 흙길에서 아스팔트로 포장된 도로로 변해 있었다. 야산은 더 울창했고, 산 밑에는 없던 집들이 여럿 보였다. 집이 눈에 들어오자 연숙은 집, 집, 하고 입술을 달싹거렸다. 연숙은 지금 남편의 집으로 가는 것이라 생각했다. 인구는 해마다 줄었는데 살아있는 자의 주택은 오히려 증가한 아이러니한 현상은 코로나19 이후 확연하다. 문득 저런 집에 살면 행복할까 생각해 본다. 경사도가 높아질수록 계기판의 온도가 뚝뚝 떨어졌다. 고목 아래 차를 세우고, 오솔길을 따라 산으로 걸어 들어갔다. 오솔길은 작은 도라지밭으로 이어졌다. 보라색 도라지꽃이 흐드러지게 피었다. 그곳에서 길은 끝났다. 산은 초입부터 환삼덩굴과 억새가 엉켜 있었다. 분명히 다랑논이 있어야 하는데 아무리 찾아도 다랑논이 없다. 다랑논을 지나면 작은 연못이 있고, 그 연못에서 조금만 올라가면 소나무 숲이 나오고 첫 번째 큰 소나무 뒤로 바위가 있다. 그 바위를 비켜서 아래쪽에 산소가 있다.

연숙은 산 지형을 찬찬히 살펴보았다. 그리고 등산용 지팡이로 풀을 휘휘 저으며 앞으로 나갔다. 풀속에 있던 날벌레와 사마귀가 놀란 듯이 후드득 날아올랐다. 연숙은 얼굴을 찡그렸다. 다랑논은 형태만 어렴풋하게 있어 산소를 찾는 데 도움이 되지 않았다. 논둑은 허물어져 본래의 형태를 잃었고, 논에는 나무와 잡풀이 우거져 구분이 되지 않았다. 아무리 찾아도 연못은 보이지 않았다. 산소도 이미 봉분이 사라지고 없으면 찾을 수가 없다. 불안하고 무서웠다. 혼자 온 것을 후회했다. 산의 변화를 미처 생각하지 못했다. 난감해서 한동안 그 자리에 망연하게 서 있다가 다시 산자락을 헤매고 다녔다. 수양버들이 무리를 지어 있었고, 개암나무며 산딸기 덤불도 보였다. 지형으로 봐서 이쯤이 다랑논이 끝나는 지점 같았다. 수양버들이 있다는 것은 분명 웅덩이나 물이 있다는 증거다. 희망이 보였다. 몇 걸음을 옮기자 풀 속에 작은 웅덩이 같은 늪지대가 나타났다. 희미하게 보이는 눈앞의 정경이 연못이었다는 사실을 한참 후에야 알아차렸다. 연못에서 조금만 올라가면 산소가 있다. 발걸음이 빨랐다. 이제 바위와 소나무만 찾으면 된다. 소나무는 자라서 군락을 이루고 있었다. 어느 소나무인지 구별이 가지 않았다. 그제야 연숙은 자신의 어리석음을 알았다. '바위를 찾아야겠어.' 연숙은 혼자 중얼거렸다. 바위를 찾아 분주하게 움직이는데 풀숲에서 무언가 화들짝 놀라서 달아났다. 연숙도 깜짝 놀랐다. 노루 한 마리가 낮잠을 자다가 놀란 모양이다. 펄쩍펄쩍 능선을 향해 뛰어갔다. 노루가 있던 자리는 둥지처럼 고단함이 스며 있는 것 같았다.

 마을만 찾으면, 별 어려움 없이 산소를 찾을 줄 알았다. 의심 없이 찾아온 길이었는데, 낭패였다. 옷에서 땀이 뚝뚝 떨어질 것 같았다. 바위는 보이지 않았다. 연숙은 너무 오래 남편의 산소를 찾지 않았음을 후회했다. 해마다 가야지 가야지 했지만, 번번이 찾지 못했다. 소나무를 짚고 한참을 서 있었다. 그런데 바로 옆 갈참나무 아래 바위가 있었다. 바위가 작아진 느낌이 들었다. 연숙은 반가워서 소리를 지를 뻔했다. 얼른 바위 앞으로 가 봤다. 산소 위쪽에 있던 바위는 별반 변하지 않았다. 마치 지프차처럼 각이 진 바위가 기억력을 또렷하게 해 주었다. 다만 주위에 없던 오리나무와 갈참나무가 자라 바위가 작아진 것 같았다. 아들에게 "바위를 잘 기억해 둬야 한다."라고 한 것까지 기억났다. 연숙도 산소를 잊지 않으려고 주변을 꼼꼼히 살펴봤었다. 다랑논이며 밭과 산 아래 웅덩이까지.

 산소는 생각보다 온전했다. 주위를 살펴보니 연숙이 올라왔던 반대편으로 오솔길이 나 있었다. 산소는 누군가에 의해 관리되고 있었음이 분명했다. 고맙기도 했지만 궁금했다.

돗자리를 깔고 산소 앞에 앉았다. 생전에 남편에게 하듯이 하소연도 하고 감정이 움직이는 대로 내버려 두었다. 마음속의 것이 홀연히 비워지고 개운해진 것 같았다. 가슴에 뭉쳐진 뭔가가 후련하게 씻기어 내려가는 느낌도 들었다. 그게 남편의 위로라 생각했다.

참나무에 앉았던 새가 가지를 옮겨 다니며 맑은 소리로 지저귀자, 나무 그림자의 어룽거리는 햇살 사이로 남편 얼굴이 언뜻 스쳐 지나갔다.

장례 후 도망치듯이 떠나야 했기에 마음이 무너지듯이 아팠다. 그런데 그곳이 남편 산소가 아니라니…. 연숙의 기억이 오류였다니 기가 막혔다. 뭔가 잘못된 것이 분명했다.

그때 코로나19 바이러스는 중국 우한에서 누군가의 완전한 포장으로 한국에 왔다. 보이지 않는 그것은 공포와 두려움보다 사람을 고립시켰다. 공상 영화에서나 보았던 세상이었다. 세계는 대혼란으로 빠져들어 가기 시작했다.

국가와 국가 간의 영역 다툼의 차원이 아니었다. 보이지 않는 것과의 싸움은 허공에 총질하고 미사일을 발사하는 것과는 반대다. 소리 없이 조용히 연구실에서 해결해야 한다. 조용히. 소음이 없는 정적의 힘은 보이는 것보다 훨씬 사람을 공포로 몰아갔다.

거리는 텅 비었고, 인간관계는 기계 매체를 통한 목소리로 전달되고, 차츰 사슬이 끊기듯이 툭툭 잘려 나갔다. 결혼이 미뤄지고, 다시 취소되어 갔다. 과학자들은 이대로 간다면 서서히 인류는 사라질 거라고 조심스럽게 말했다. 사람이 사라진다면 끔찍하다. 사람이 사라진 곳에 짐승들이 살게 될지도 모른다. 공룡 시대와 같은 세상으로 돌아갈지도….

연숙은 그때 그런 생각을 했었다. 인간은 세상을 그렇게 쉽게 내주지 않을 거라고. 반드시 코로나 백신이 개발되고 인류는 다시 영역 다툼으로 돌아가리라. 영역 다툼, 그것은 영원히 사라지지 않는 본능적 삶의 근본이다.

코로나19는 인간의 영역을 벗어난 듯이 세상을 뒤집을 기세로 확산되어 갔다. 백신 연구자들도 조용하지만 치열하게 모든 것을 정지시키고, 그 누구도 할 수 없는 또는 없었던 영역들과 맞섰다. 뉴스는 각 국가의 환자 수를 무슨 올림픽 메달 집계하듯이 헤드라인으로 내보냈다. 이어 백신 개발의 속도를 연일 보도했다. 전쟁보다 더 공포스러운 날들이었다.

한국도 예외는 아니었다. 세계의 눈은 백신 개발자로 향했다.

  중국에 근무하던 연숙 남편은 입국한 지 이 주 후, 건강한 몸으로 격리지에서 해제되어 집으로 왔었다. 가족들은 축하 파티를 열고 무사히 돌아온 것을 환영했다. 그러나 이웃 사람들은 경계했다. 무슨 슈퍼 전염자처럼 남편뿐 아니라 가족 전체를 외면했다. 그것은 참을 만했다. 입장을 바꿔서 생각해보면, 그럴 수 있다고 이해했다. 조심해서 나쁜 것은 없으니까.

  남편은 기분이 좋아 보였다. 시어머니가 입원해 있는 요양원을 가기로 한 날이었다. 가족이 함께 다 모이는 장소가 요양원이고 보니 다들 소풍 가는 기분이었다. 연숙은 김밥이며 과일을 싸느라 바빴다. 시어머니가 좋아하는 딸기와 요구르트도 잊지 않고 대나무 피크닉 가방 안에 챙겨 넣었다. 시아버지는 괜히 마당에서 흠흠 헛기침을 했고, 아들은 벌써 승용차에 탑승해서 차창 밖을 바라봤다. 남편은 먼지 쌓인 모자를 털고, 현관 거울 앞에서 서성거리며 기다렸다.

  연숙이 피크닉 가방을 들고 나오자, 남편은 손을 뻗어 가방을 받으며 "뭘, 금방 다녀올 텐데…." 하며 가방 무게를 탓했다. 가방을 트렁크에 넣고, 모두 안전벨트까지 맸다. 경쾌한 차 시동 소리가 났다.

 요양 병원 마당에 승용차가 도착하고, 마스크를 한 가족들이 내렸다. 습관이 되지 않은 행동은 어색했고, 서로가 입을 가리고 차단함으로써 무언의 시위를 하러 가는 시위꾼 같았다. 사람들은 지쳐갔다. 시어머니는 남편 손을 잡고 말없이 눈물만 훔쳤다. 눈물이 언어가 되고 감정이 되었다. 얼굴을 마주 봤지만, 면회는 감질나게 짧았다. 마주 잡은 시어머니 손이 떨렸다. 돌아서야 했다.

 그때 남편에게 전화가 왔다.

 "네, 네! 뭐라고요!"

 전화기가 아래로 떨어졌다. 남편의 얼굴이 빳빳한 마분지처럼 하얗게 굳었다. 연숙은 직감적으로 불길한 생각이 났다. 보건소인가? 설마 코로나19에 감염되었다는 말은 아니겠지. 고개를 세차게 가로로 저었다. 기저 질환이 있는 시어머니가 코로나19에 감염되는 일은 곧 죽음이라는 공식과도 같다. 일 초 아니 일 초의 10분의 1초 사이 뭔가 안 좋은 일이… 사람의 생각이 얼마나 빠른지 연숙은 갑자기 소름이 돋았다. 연숙은 엎드려 남편의 핸드폰을 주워 귀에 갖다 댔다. "격리 장소는 추후에…" 격리라니! 연숙은 자신도 모르게 핸드폰을 놓아버렸다. 분명히 음성 판정을 받고, 체크한 체온도 정상이었기에 집에 오지 않았는가. 이게 무슨? 입술이 얼어붙은 듯 말이 나오지 않았다. 식구들이 남편에게서 연숙으로 두려움이 가득 담긴 눈으로 바라봤다. 잠깐 동안 모두 막대기처럼 서 있었다. 집으로 돌아오기 전, 확인 차 다시 한 검사에서 양성이 나왔다는 말이었다.

"......."

한참 후 남편이 말했다.

"내가 코로나19 확진자라네. 허헛허허허."

마스크를 다시 고쳐 썼다. 연숙은 뒤통수를 한 대 얻어맞은 듯 멍한 상태로 앉아 있었다. 이 상황을 어떻게 받아들이고 믿으라는 말인가. 도저히 받아들일 수가 없었다.

어떻게 집에 왔는지 모른다. 이런 위급한 상황에 구체적인 대체 요령을 알려주는 사람은 없었다. 교육을 받은 적도 없다. 누구나 처음이라는 그 모호한 이유가 핑계가 되던 때였다. 딱 한 가지 확실한 것은 마스크 착용과 거리 두기, 손 씻기다. 연습은 없었고, 그대로 현장에서 실행하는 것만이 전파를 막는 유일한 수단이었다. 이것이 21세기에 원시적인 대처 방법이었다.

집에 들어가자 각자 자신의 방으로 들어갔다. 남편을 따라

들어간 연숙을 향해 남편이 말했다.

"따라오지 마!"

 연숙은 멈칫했고, 남편은 캐리어에 옷가지를 주섬주섬 챙겨 넣었다. 119구급차는 사이렌 소리도 내지 않고 집 앞까지 왔다. 남편이 입원하러 떠나는 날 손도 한번 못 잡았다. 그저 바라볼 뿐이었다. 남편이 떠난 후 방역 당국은 집안 곳곳을 소독했다. 함께했던 시아버지와 아들. 그날부터 모든 식구가 자가 격리되었고, 검진을 받았다. 시간이 갈수록 점점 더 불안했다. 누군가 현관 벨을 눌러도 깜짝깜짝 놀랐다. 전화 소리에도 가슴이 쿵닥쿵닥거렸다. 세상과 단절이었고, 가족은 출입금지가 되었다. 현관 신발에 먼지가 쌓여도 남편에게 면회하러 못 갔다. 가족 모두가 양성 판정이 났을 때, 당연한 결과라는 듯 모두 침묵했다. 대구는 환자 폭증으로 입원할 수 있는 병상이 부족했다. 환자는 타 도시 병원으로 가야만 했다. 전국에 119차량은 대구로 파송되어 왔고, 마스크가 턱없이 부족했다. 선물 중 최고는 마스크였다. 마스크로 얼굴을 가린 사람들은 니캅을 쓴 듯 눈만 보였다. 신조어가 탄생했고, 자신도 모르는 사이 바이러스 전파자가 되어 있기도 했다.

 시아버지가 먼저 타 도시 병원으로 입원했다. 눈자위가 붉어진 모습을 외면했다. 시아버지의 야윈 어깨가 들썩이더니 한 번 돌아봤다. 아무 말도 못 했다. 말을 할 수도 없었지만, 때로는 침묵이 말보다 더 강한 메시지가 된다.

입원 대기 첫날은 불편하지 않았다. 해열제를 먹으니 열이 조금 내려갔다. 아들은 차츰 말이 없었다. 연숙은 아들에게 어떤 말도 할 수 없었다. 집에 있는 식자재로 만들 수 있는 음식을 해서 먹었다. 음식을 먹으니 연명은 하는 것이고, 숨을 쉬고 있으니 살아 있는 것이었다. 연숙은 살아 있어도 살아 있는 것이 아니었다. 아들은 뭘 하고 있을까? 아들 방문 앞에서 귀를 기울여 봤다. 조용했다. 갑자기 무서웠다. 노크하자 아들이 신경질적으로 말을 내뱉었다.

"왜?"

다른 말이 필요할까. 왜! 왜! 왜! 세상을 향해 '왜!'라고 연숙도 소리치고 싶었다. 아들에게 간식 쟁반을 밀어넣고 방으로 왔다. 아무것도 할 수 없었다. 책도 읽을 수 없었다. 집중이 되지 않았다. 침대에 멍하니 누웠다가 일어나고 다시 반듯이 누웠다가 돌아누웠다. 벽을 보고 원망하고, 벽을 보고 호소하다가, 벽을 보고 소리 지르고 통곡했다. 딱딱한 벽은 차갑게 침묵했다. 그러다 벽지를 가만히 바라봤다. 무늬가 없는 아이보리 색상인 줄 알았던 벽지에 기하학무늬가 보이기 시작했다. 연결은 일정했지만, 바라보는 각도에 따라 위에서 아래로 죽죽 내려 그은 듯 보이기도 하고, 한쪽으로 기울어지듯 나부끼는 수많은 깃발 같기도 했다. 깃발은 소리 없는 메아리처럼 방 벽면을 가득 채우고 있었다. 연숙은 그 무늬를 손으로 만져 봤다. 손가락 끝에 다가오는 촉감이 오톨도톨했다. 시각장애인처럼 벽지를 더듬어 나갔다. 손가락을 멈추었을 때, 그곳에 연필로 쓴 글씨가 있었다. 손가락이 마치 그 글씨를 찾기 위해 나아간 것처럼. "엄마 미안해. 힘내!" 느낌표 윗부분을 마치 야구방망이처럼 길쭉하고, 통통하게 그려놓았다. 글씨는 기하학무늬 틈 사이를 비집고 들어앉아 있는 듯 보였다.

이사 오면서 벽지를 새로 도배하지 않았다. 도배지가 깨끗하기도 했지만, 전 주인이 도배한 지 얼마 되지 않았다고 강조했기 때문이기도 했다.

"엄마 미안해. 힘내!"

이사 온 지 2년이 넘었는데 이제야 글씨를 봤다. 연숙은 몇 번을 반복해서 읽었다. 마치 자신을 위해 그곳에 써 놓은 것 같았다. 글씨체는 여자아이 글씨처럼 부드럽고 단아했다. 어린아이 글씨는 아니었다. 적어도 대학생 이상의 글씨체다. 연숙은 누가, 왜, 이곳에 이런 글을 썼을까 생각했다. 어쩌면 어느 날 여학생은 자신 때문에 속상해하는 어머니에게 사과하는 의미로 침대 모서리 위쪽에 이런 글로 미안함을 전했을지도 모른다. 연숙은 그 미안함이 뭔지 갑자기 궁금해졌다. 학생이 아니라 전문 직업여성일 수도 있겠다고 생각했다. 잘나가던 회계사 딸이 어느 날 갑자기 트럭을 사서 고물을 주우러 골목길을 누빈다면…, 직업이 교사인 예쁜 딸이 어느 날 인공수정으로 아기를 가졌다고 말했다면…. 여자의 어머니는 이 글씨를 봤을까? 시선을 옮겼다. 글씨는 연숙을 향해 말을 걸고 있었다. '힘내! 힘내!'라고.

연숙은 벌떡 일어났다. 뭔가 해야만 할 것 같았다. 주방으로 가서 싱크대 안에 것을 하나씩 끄집어냈다. 몇 년 전 유행하던 방짜유기는 얼룩져 있다. 아들이 어린아이였을 때 사용하던 작은 수저도 있다. 친정 엄마가 아들 돌 때 사 온 것이다. 저 수저로 외손자가 밥 먹는 것을 보고 친정 엄마는 대견한 듯 오래도록 바라봤었다. 아들은 그 수저로 초등학교 들어가기 전까지 밥을 먹었다. 다시 보니 앙증스럽기까지 하다. 약탕기며 사용하지 않은 그릇, 고장 나서 처박아 놓은 믹스기 등등. 연숙은 하나하나에 묻어 있는 지난날의 일을 돌이켜봤다.

싱크대를 정리하고 다시 냉장고 문을 열었다. 냉장고 속의 것도 하나씩 다 꺼냈다. 깊숙한 곳에서 유효기간이 한참 지난 베이컨, 먹다 만 장아찌, 곰팡이가 핀 딸기잼 등 버려야 할 것은 비닐에 담았다. 며칠 전 남편이 집으로 돌아온 기념으로 자른 케이크 조각이 굳어 있다. 가족 모두가 환영하고 기뻐하던 시간이 정말 순간적으로 끝났다. 싱크대, 냉장실, 냉동실을 정리정돈하는 데 하루를 보냈다. 연숙은 내일은 또 뭘 할까 잠시 생각했다.

며칠 후 연숙과 아들이 각각 다른 도시로 입원하라는 통보를 받았다. 난감한 상황은 연극이 아니었다. 세상이 비어가는 것 같았다. 연숙은 담당 기관에 자신의 상황을 상세히 설명하고 부탁해서 겨우 아들과 한 병원에 입원했으나 층이 달랐다. 생이별하면서 손도 못 잡아보는 현실이 원망스럽고, 기가 막혀서 기절할 것 같았다. 할 수 있는 것이라곤 2미터 밖에서 서로 얼굴만 바라보며 이름을 부를 뿐이었다.

연숙의 가족이 잠깐 뉴스로 나왔다. 사람들은 동정했고, 응원 메시지는 날마다 쌓여갔다. 응원 메시지를 읽으며 힘을 내보려 했지만, 마음속의 두려움과 무서움을 떨쳐내지는 못했다. 지옥이 이럴까 싶었다. 딱 생지옥이었다. 아들의 호전 소식이 유일한 희망이었고, 자신이 경증에 머물러 있다는 것이 그나마 다행이라면 다행이었다. 뉴스를 보는 것이 두려웠다. 세상은 이제 코로나19 확산으로 공포감까지 감돌았다. 국경을 폐쇄하는 나라가 점차 늘어갔다.

남편이 중증환자로 분류되었다는 소식에 앞이 캄캄했다. 남편은 중소기업에 다녔다. 중국 우한에 발령을 받은 지 반년 만에 입국했다. 겨우 하루, 아니 함께 밥 한 끼 먹은 것이 전부였다. 억울했다. 그렇다고 누구에게 원망도 하소연도 할 곳이 없었다. 면회도 갈 수 없었다. 수많은 검은색 눈동자가 자신을 향해 CCTV처럼 지켜보고 있는 것 같았다. 고통받고 있을 남편을 생각하면 잠이 오지 않았다. 이따위 세상을 향해 욕을 하고 싶었다. 남편이 산소 호흡기에 의존하고 있다는 소식이 전해지더니 심박수와 혈압이 떨어진다는 소식을 전해 왔었다. 그리고 남편의 사망 소식이 왔다. 눈물이 나지 않았다. 믿어지지 않았으니까. 당장 갈 수도 없었다. 남편의 시체는 냉동고에 들어갔다.

연숙은 경증에서 천천히 회복하고 있었다. 기뻐해야 하는데 기쁘지 않았다. 마침내 다시 한 검사에서 완치라는 판정이 났다. 의사의 확인 절차를 거치고, 마스크를 하고 특별 외출로 남편의 얼굴을 잠시 봤다. 그것도 비닐 속에 있는 남편의 시체를….

 굳은 얼굴로 눈을 감은 얼굴은 편안해 보였다. 의사도 간호사도 그 누구도 아무 말이 없었다. 흰 방호복에 우주인 같은 복장은 접근 금지라는 강력한 메시지만 전할 뿐이었다. 전국적으로 사망자 수도 늘어갔다.

 남편의 장례식에는 남편의 친구 몇 명과 친인척 몇 명뿐이었다. 그들도 무거운 발걸음으로 참석은 했지만, 손을 잡을 수도 부둥켜안고 울 수도, 마음 놓고 대화도 나눌 수 없었다. 찾아와 준 손님에게 식사 대접도 못했다. 그저 음료수 한 병씩 나눌 뿐이었다. 서로 표정으로 몸으로 슬픔을 표현하고 아픔을 위로했다. '그래 다 안다.' 마음을 읽고 이해했다. 회사에서 조화를 보냈을 뿐 조문은 없었다. 조문은 정중히 사절했다.

 마지막 가는 길도 쓸쓸했다. 비가 부슬부슬 내리는 날이었다. 소형 장례식 버스는 텅 비어 있었다. 가족만이 앞좌석에 몇 명 앉아 있었다. 버스는 빠르게 화장장으로 갔다. 화장장에 도착하자 연숙은 자신의 검은 상복이 낯설었다. 자신이 왜 이곳에 왔는지 잠시 잊었다. 푸른 연기가 하늘로 곧게 올라가는 것을 바라봤다. 그제야 남편의 사망이 피부로 다가왔다. 연숙은 자신의 신체 기관 중 눈물은 제어할 수 있는 기관인 줄 알았다. 그런데 아니었다. 일정량의 배설물을 배출하지 않으면 통증이 오듯 눈물도 그랬다.

검정 상복을 입은 상주의 울음소리가 간간히 들릴 뿐 산속에 와 있는 느낌이었다. 자연은 세상의 것에 관심이 없는 듯, 바람 소리와 새소리는 평화롭기까지 했다. 유족들은 슬픔을 삭이고 그저 유골이 나오기를 기다렸다. 아들은 오지 않았다. 장례식만 참석하게 했다. 연숙은 멍하니 앉아 있다가 가끔 시계를 한 번씩 들여다봤다. 그리고 모니터 화면을 바라보는 것만이 유일한 일처럼 여겨졌다. 망자의 이름이 화면에 뜨고 곧바로 유족 이름이 스피커를 통해 출석 체크처럼 호명되었다.

유골함을 받아들었을 때, 남편의 체온처럼 따뜻했다. 분골하지 않음은 생전에 남편이 한 말이 생각나서다. 시할아버지 산소가 있는 선산에서였다. 남편은 산을 이리저리 살피더니 한 곳을 가리키면서 말했다. "난 저곳에 묻히고 싶다." 그때 연숙은 "별소리를 다 한다."라고 했다. 남편이 가리킨 자리는 오목하니 겨울에는 따뜻하겠다 싶었다. 남편은 추운 것을 무척 싫어했다. 그곳은 산등선이 영어 U자를 뒤집어 둔 (∩) 형태로 연결되어 있었다. 남편이 가리킨 자리는 ∩의 중앙쯤 되어 보였다. 오목하니 겨울에 따뜻하겠다 싶었다.

연숙은 남편의 옷을 담아갔던 가방에 남편의 유골함을 넣어서 병원으로 돌아왔다. 완치 판정 후에도 곧바로 퇴원은 할 수 없다. 입원실에 들어와 제일 먼저 사물함을 깨끗이 청소하고 가방을 아래 칸에 넣었다. 사물함을 바짝 당겨 침대에 갖다 붙였다. '당신은 이제 내 옆에 있어' 연숙은 입술을 깨물었다. 병원 환자 그 누구도 모른다. 담당 의사 선생님과 몇몇 간호사만 남편의 장례를 치르고 온 사실을 알고 있을 뿐이었다.

세상이 뒤집히고 있었다. 공포가 사람들 마음속에 머물렀다. 정신착란이 일어나고, 서로를 믿지 못하고, 지역과 지역이 통제되고 나라와 나라가 차단되었다. 기업이 무너지고, 경제가 무너졌다. 사람들은 움츠리고 이 시기가 빨리 지나가기를 기다릴 뿐이었다.

완치 판정이 끝이 아니었다. 다시 확인 검사가 있었다. 아들도 퇴원했다. 불과 몇 주가 지나갔을 뿐인데 몇 년이 지나간 듯했다. 퇴원 후 안정도 취하기 전에 시어머니가 있는 요양 병원 집단 감염 뉴스를 접했다. 연숙은 잘못 들은 줄 알았다. 입술이 바짝 말랐다. 아나운서의 목소리를 의심했다. 티브이 화면에 자막이 떴다. 현재 지역별 환자 숫자였다.

한 달 사이 연이어 시아버지의 사망 소식이다. 더 이상 슬프지도 않았고, 눈물도 흐르지 않았다. 대문 밖에서 기자가 서성거렸다. 사람이 무서웠다. 내 가족 뉴스를 보고 있는데 남의 일같이 담담했다. 감정이 무디어진 것인지 현실을 받아들일 수 없기에 몸이 저항하는 것인지 알 수 없었다.

남편의 유골은 가방 안에 있다.

그렇게 다시 몇 달이 지났다. 사람들 시선에 외출도 쉽지 않았다. 마스크와 모자로 얼굴을 가리고, 밤을 이용해 식료품을 샀고, 공원에 나갔다. 텅 빈 공원을 천천히 걸었다. 도무지 현실이 믿어지지 않아서 미친 듯이 깔깔 웃었다. 사는 것이 유령 같았다.

마스크를 쓴 사람들이 표정 없이 거리를 걷고 있다. 입을 가리고 얼굴을 가리고, 서로를 경계하며….

뒤집어진 세상에 코로나19 신약은 또 경쟁적으로 쏟아져 나왔다. 그것은 각국의 의학 기술의 자랑이 되었다. 다시 백신의 부작용과 터무니없는 과대광고는 2차 공포를 불러왔고, 세상의 시간을 꽁꽁 얼려버렸다. 반복되는 경제 마비에 사람들은 목이 말라갔다. 그때 '대한민국 생명공학연구소'가 확실하고도 정확한 백신과 처방 약을 개발했다. 부작용과 과대광고는 없었다. 정밀하고도 높은 기술력을 자랑하지 않고 조용하게 세상을 움직이기 시작했다. 그제야 차츰 코로나19라는 바이러스는 서서히 고개를 숙였다.

 연숙은 남편의 유골이 담긴 가방을 움켜잡았다. 아들과 함께였다. 시할아버지 묘소가 있는 곳으로 차를 몰았다. 해가 뜨기 전 새벽이었다. 산 입구에 도착했을 때 희붐하게 날이 밝아 오고 있었다. 연숙은 남편 유골이 들어 있는 등산 가방을 어깨에 메고, 좁은 산길을 앞서 걸었다. 아들이 연숙의 뒤를 따랐다. 아들은 아버지를 잃고 부쩍 자란 것 같았다. 아들이 있어 든든하다고 생각했다. 미리 연락해 놓은 먼 친척 오빠가 기다리고 있었다. 벌써 유골함이 들어갈 수 있는 구덩이를 파놓고 있었다. 그는 연숙을 보고 말했다.
"내가 네 부탁 아이마 이런 일 절대 안 한다카이."
"알았어요. 고마워요."
오빠는 다시 아들을 돌아보며 말했다.
"아가, 니는 여기를 잘 봐 놔라. 저기 바위 보이제. 내중에 아부지 산소 찾을라카마 저걸 잘 기억했다가 찾아오마 되는데

이. 알았제."

아들이 작은 소리로 "네" 하고 고개를 끄덕였다.

연숙도 주위를 둘러봤다.

"다 됐다."

오빠가 유골함을 받아서 구덩이 안에 조심스럽게 넣고는 예를 갖추라고 했다. 약식으로 예를 갖추고 마무리지었다. 봉분도 크지 않지만 만들었다. 잔디도 입혔다. 그제야 연숙은 숙제를 마친 아이같이 마음이 홀가분했다.

다음날 비가 왔다. 잔디가 잘 자라겠다고 생각했다.

연숙이 다시 남편 무덤을 찾았을 때, 나뭇잎도 연두색에서 초록색으로 바뀌었다. 잔디가 뿌리를 내렸는지 파릇파릇했다. 연숙은 산소 앞에서 말했다.

"이제 언제 올지 몰라. 서운해하지 마. 이사를 해야 할 것 같아. 여기서는 못 살겠어. 우리 집이 뉴스까지 나왔어. 알지? 코로나19가 우리 집을 정리해 버렸어. 우리 집만 세 사람이나…. 사람들 시선이 무서워. 밖에도 못 나가. 집에만 있어. 도저히 안 되겠어. 영훈이 학교에도 소문이 다 났대. 어제 영훈이 친구가 말했대. 아이들이라 그렇겠지만, 너희 집이 타깃이었어. 라고. 마음이 너무 아파 견딜 수 없어. 어쩌겠어. 당신이 마치 부모까지. 아니 우리뿐 아니라 이 대구에 코로나19

를 전파한 사람같이 되어 버렸어. 소문이 무서워. 당신은 부모를 죽인 사람이 되었고, 당신의 이동 경로가 뉴스에 다 드러났어. 당신뿐 아니라 확진자 이동 경로가 낱낱이 밝혀지고 난리도 아니야. 전쟁 난 것 같아. 보고 있지? 뭐가 옳은 것인지 구분이 없어. 다들 집에만 있어. 거리에 사람이 없어 상점은 문을 닫았어. 경제는 마비되어버렸어. 모든 행사는 연일 취소 취소야."

연숙은 마치 남편이 듣기라도 한 듯이 주절주절 말을 늘어놓았다.

그날 밤 남편이 꿈에 나타나서 자신을 그곳에 안장시켜 줘서 고맙다고 했다. 살아서 말하는 것 같이 생생했다. 남편은 자신의 할 말만 하고 사라졌다. 연숙은 그게 야속했다. 다른 사람들은 잘 버티고 잘 이겨내는데, 왜 그렇게 혼자만 가냐고 따지고 싶었다.

코로나 후유증은 오래갔다. 연숙은 C시에 있는 언니 집 옆으로 이사했다. 피붙이가 있는 곳이 그래도 의지가 되었다. 한동안 언니네 식당도 문을 열었지만, 손님은 없었다. 정부 지원금이 잠시 도움이 되었다. 몇 달, 아니 3개월짜리 정부 지원금은 한 달 정도 효과로 끝이 났다.

"시간은 가만히 있어도 간다. 모든 것은 지나가기 마련이다. 조금만 참고 견뎌보자 곧 지나갈 거야."

언니의 위로 말은 귀에 들어오지 않았다. 캄캄한 밤이 영원할 것만 같았다. "곧 지나갈 거야"라는 말이 메아리처럼 여운을 남기며 집요하게 들려왔다.

아침에 눈 뜨는 것이 무서웠다. 그러나 태양은 시간에 맞춰 뜨고 졌다. 먹는 것이 사치 같았다. 딱 죽고 싶었다. 이 낯선 경험은 지구촌 모두에게 지구가 보내는 경고 같았다.

얼마 동안 그렇게 보내고 나니 자식이 눈에 보였다. 아들은 아빠를 잃었다는 생각이 그제야 번뜩 들었다. 어떻게든 살아야겠다는 마음이 들자 모든 것이 새롭게 보이기 시작했다. 일을 해야 했다. 아침마다 광고 신문을 뒤적이고 구인란을 모조리 살폈다. 오래전에 취득한 조리사 자격증을 꺼내 보았다. 자격증 속 사진은 볼살이 탱탱했고, 주름 하나 없는 얼굴은 해맑았다.

장애인 복지관에 모집 광고를 봤다. '조리사 자격증 소지자'라는 조건이 붙어 있었다. 그 두 줄의 문구가 희망처럼 보였다. 곧바로 원서를 내고 면접을 봤다. 복지관이 시내서 멀리 있어 교통이 불편했지만, 알바가 아닌 정식 취업이라는 매력이 있었다. 공무원에 준하는 임금과 복지도 마음에 들었다. 면접을 보고 식당으로 가 봤다. 식당 환경은 생각보다 보건 위생이 그다지 좋아 보이지 않았다. 철제 의자와 식탁은 오래되어 낡아 있었고 바닥은 시멘트였다. 시설 자체가 노후되어 있었다. 연숙이 안으로 들어갔을 때 그들 중 유난히 눈에 띄는 사람이 있었다. 그녀는 유리창에 무언가를 쓰면서 중얼거렸다. 직원이 웃으면서 "소설가입니다."라고 했다. 매일 무언가를 저렇게 쓴다며 웃었다. 식당을 지나 밖으로 나오자 곳곳에 모여 있던 수용시설 원생들이 물끄러미 바라보더니 싱긋 웃었다. 어떤 이는 다가오더니 공손히 인사를 건넸다. 합격한다면 저들과 함께해야 한다.

합격이라는 통보는 한 줄기 빛이었다. 시간은 빠르게 흘렀고, 빠르게 적응하게 했다. 뉴스를 볼 겨를 없이 지나갔다. 오직 먹는 것에만 집착하는 장애우에게는 식사량을 조정해 줘야 했다. 그것이 가장 힘든 일이었다. 식사 시간이 다가오면 식당 유리창에 매달려 안을 들여다보는 그들은 식욕밖에 없어 보였다. 오직 식당 문만 열리기를 바라는 거였다. 그중 순애 아줌마만 늘 유리창에 소설을 썼다, 소설은 과연 무엇일까? 연숙은 그녀를 바라보며 소설이 사람을 미치게 할 정도로 매력이 있다는 말인가? 생각을 머물게 했다.

많은 사람을 만날 수 있는 그곳은 아프기도 하고 슬프기도 했지만, 희망과 위로의 공간이 되기도 했다. 연숙은 처음 그들이 두렵기도 했다. 선입감 때문이었다. 시간이 갈수록 그들의 순박하고 선량한 마음씨를 들여다볼 수 있었다. 가족의 면회에 따라 인기가 있을 뿐, 경제적인 능력, 학력, 지역 등 사회생활에서 필요했던 이력은 이곳에서는 아무 필요가 없었다. 그저 시간에 맞추어 세 끼 식사 해결만으로 삶이 만족한 곳이었다. 대부분 처음 이곳에 오게 되면 가족이 주말마다 찾아오지만, 시간이 흐르면 한 달에 한 번 육 개월에 한 번 그러다 대부분 발걸음을 하지 않았다.

연숙은 그들 덕분에 살았고, 그들 때문에 안정을 찾았고, 살아갈 수 있었다.

시간이 얼마나 지나갔을까. 돌아보니 아들이 자라 있었고, 남편이 생각났다. 남편의 산소를 명절마다 찾았다. 그때마다 산소는 깨끗하게 정리되어 있었다. 그러나 누가, 왜 남편의 산소를 벌초하고 돌보는지는 알 길이 없었다. 한 번쯤 만나서 인사라도 하고 싶었다. 몇 년을 그렇게 다녔다.(친척 오빠는 이미 세상을 뜬 후다.)

작년이었다. 추석을 맞아 예년보다 조금 일찍 산소를 찾았다. 산 입구부터 풀과 나무가 정리되어 길을 훤하게 만들어

놓았었다. 풀이 아직 시들지 않았다. 그러고 보니 위쪽에서 예초기 소리가 윙윙거렸다. 연숙은 빠른 걸음으로 산소로 향했다. 산소에 보호 장비를 착용한 남자가 능숙하게 풀을 쓰러뜨리고 있었다.

남자가 예초기를 잠시 멈추고 연숙을 바라봤다. 연숙은 자신이 이곳에 온 이유를 말하기 시작했다. 그러자 남자는 연숙의 말을 싹둑 자르고 말했다.

"우리 아버지 산소인데 무슨 소리냐."

연숙은 어이가 없었다. 황당했다. 그동안 일을 차근차근 말했지만, 들으려고 하지도 않았다. 연숙 또한 저기 바위가 증거라고 말했다. 남자는 헛웃음을 치더니 말했다.

"그래 저 바위가 뭐라카는지 들어 봅시다."

난감하다. 증거가 없다. 친척 오빠가 유일한 증인인데 돌아가셨으니…. 오직 연숙 자신의 기억만이 유일한 증거인데 보여 줄 수가 없다. 우기기만 해서는 문제 해결이 되지 않는다.

급기야 산소를 파 보자고 연숙이 제안했다. 남자는 화신에 찬 소리로 단박에 그렇게 하자고 말했다. 다만, 고인이 연숙이 남편이 아닐 경우 경비 모두를 제공하고 정신적 피해를 상대방이 원하는 만큼의 액수를 지불하자고 했다. 연숙은 자신이 있었다. 남자도 자신에 찬 소리로 말했다. 그럼 그렇게 합시다.

"우리는 목관을 했고, 아버지는 틀니를 했소. 오른쪽 다리에 철심을 박았소."

"우리는 화장을 했기에 유골함과 남편의 유품(안경, 손가방 등) 몇 가지가 있어요."

서로가 확신에 찼기에 합의는 금방 이루어졌다. 개묘하기 전에 절차가 복잡했다. 이장移葬 전문 업체에 의뢰하고 날짜를 정하고 지자체에 신고까지 해야 했다. 연숙은 가슴이 조여왔다. 확신은 있었지만, 혹시 하는 작은 불안감이 엄습했다. 그동안 산소를 찾지 않은 공백 기간이 마음에 걸렸다. 그 사이 변한 환경이야 어쩔 수 없지만, 지형은 변하지 않았다.

양가 사람이 다 모이고 포클레인이 묘를 파기 시작했다. 어느 정도 흙을 파내자 철관이 긁히는 듯 둔탁하고 날카로운 소리가 났다. 포클레인이 멈추고, 이장 전문가 두 사람이 삽으로 다시 흙을 조심스럽게 파냈다. 긴장한 두 가족이 눈길을 고정하고 그들의 행동을 지켜봤다. 그때 다시 조금 전의 소리가 들렸다. 그때부터 인부들은 손으로 흙을 파내기 시작했다. 천천히 드러나는 석관을 보자 연숙과 자신의 아버지 묘라고 우겼던 사람은 놀라서 할 말을 잃고 멍하니 서로를 바라볼 뿐이었다.

이럴 수가!

도대체 뭐가 잘못되었는지 알 수가 없었다. 무덤 앞에서 하소연한 것도 명절에 와서 절을 올린 것도 누구에게 한 짓인지? 이건 말이 되지 않는다. 어째서 이런 일이 일어날 수 있단 말인가. 한동안 넋이 나간 상태로 있었다.
의기양양하던 남자도 충격이었는지 땅바닥에 덥석 앉아 말없이 담배만 피워댔다.

누구의 묘인가?

어떻게 된 일일까. 그보다 남편의 무덤은 그럼 어디로 갔단 말인가. 연숙은 추측해 봤다. '그사이 종중산 주인이 바뀌었는지 모를 일이다. 주인이 바뀌고 남편의 봉분이 사라졌다는 과정을 추측해 봤다. 연숙과 아들 외에 친척 오빠만 알고 있는 산소였으니 그 누구도 산소 자리였다는 사실을 모른다. 시백부도 종중산에 안채해야 했을 뿐, 묫자리는 모른다.'
연숙은 남편의 집을 잃었다. 남편의 집을 잃어버리다니⋯.

철퍼덕 앉은 자리에서 일어날 수가 없었다.

  삶에서 정리란 또 다른 정리를 향해 나아가는 것인가? 연숙은 오랫동안 파헤쳐진 묘 앞에서 혼란한 시간은 혼자만의 시간이 아니라 모두의 시간이었음을 알았다. 그제야 정리가 되었다. 그 시간의 정리 위에 '모두의 시간'은 지나가고 있었다.

분조 씨의 자서전

지안은 집안에 전등을 하나씩 켰다. 불이 켜질 때마다 두려움이 하나씩 사라져갔다. 혼자라는 두려움, 사라진 것에 대한 슬픔, 텅 비어 있는 방, 친숙했던 물건이 처음 본 듯 어색한 감정 등 그 모든 것이 시간 속에서 깨어나고 있었다. 멀리서 닭 울음소리가 들렸다. 그제야 지안은 분조 자리를 훑었다. 흔적만 있을 뿐 그 어디에도 이제 분조는 없다. 박분조는 지안의 할머니였다. 아흔여섯이라는 숫자는 영원할 것 같았던 할머니의 나이를 멈춰 세웠다. 아무것도 할 수 없었던 조각난 시간을 끌어모은다.

"그딴 것 뭐하게."

지안은 분조 말을 무시해버렸다. 분조는 천천히 고개만 끄덕일 뿐이었다. 수긍하는 것인지 단념해 버린 것인지 지안이 알 수 없었다. 수긍은 하지만 단념은 하지 않았다는 사실을 지안은 시간이 얼마 지나지 않아 알아차렸다.
"써 보라니까 그러네."
어지간히 끈질겼다.
"할배가 글을 잘 지었어. 내가 그걸 읽어봤다. 재미나게 썼더라. 한번 들어봐라."

"해 다지고 저문 날 골골마다 연기 나는데. 우리 님은 어디 가고 연기 낸 줄 모르는고…."

"됐어. 또 시작이야."
분조는 지안이 말이 끝나기도 전에 입을 닫았다. 그리고 돌아 앉아 장죽에 담배를 꾹꾹 눌러 담고는 뻐끔뻐끔 연기를 피워 올렸다. 분조는 무언의 표출 방식을 이렇게 했다. 지안은 노트북을 열었다. 채팅창에 여러 개 문자가 와 있었다. 담뱃재를 재떨이에 탁탁 터는 소리가 났다.
"공부하냐?"
그사이 감정 조절이 끝났나 보다. 분조는 지안이 노트북을 열고 뭔가를 쓰거나 읽고 있으면 꼭 공부하냐고 물었다. 채팅창을 들여다보고 소리 내어 읽었다.

　니방 와서 보셈.

　이미 깔끔쑤

　헐ㅋㅋ웃긔

　이제 아점 먹음

　"뭔 말이냐 언문 맞냐?" 하더니 캬륵캬륵 웃었다. 지안이 채팅창 말을 해석했다. 친구가 와서 방 보래. 깔끔하다고. 이제 아침과 점심 사이 밥 먹는다고 하네. '헐 ㅋㅋ웃긔'는 어떻게 해석해 줘야 할지 몰라 슬쩍 넘어갔다.

　세상이 바뀌고, 글과 말이 바뀌고, 먹는 것도⋯ 바뀌지 않은 것은 박분조 이름밖에 없구만.

　"할매는 언제 글 배웠어?"

　"할배가 밤낮으로 방안에만 있어 난 뭐 대단한 시험공부라도 하는 줄 알았다. 그랬는데 시상에 한 번도 시험 친다는 말이 없데. 늘 뭔가를 써. 도대체 뭘 하는 작당인지 궁금한 기라. 내가 글을 배웠어야지 읽지. 그때부터 할배한테 막 졸랐다. 글을 읽고 싶다고. 그래 ㄱㄴㄷ 하고 ㅏㅓㅗ를 배웠지. 하루에도 수십 번씩 읽고, 밥할 때는 부지깽이로 정지(부엌) 바닥에 쓰고, 일할 때는 호매이(호미)로 땅바닥에다 썼다. 어디든 글씨가 보이면 입으로 소리 내서 읽고 또 읽었단다. 나중에 할배가 뭘 하는지 내가 알았지. 이야기를 만들고 노랫말도 짓고 있었던 거라. 한 줄씩 읽어가니 재미나더라. 흐흐 나중에는 내가 이건 이렇게 쓰면 어떨까 했더니 니 할배가 나를 멍하니 쳐다보더라. 그리고는 쓰윽 웃는기라. 내가 와 웃소 했더니 날 보고 기특하다고 내 얼굴을 한 번 쓰다듬어주더라. 그 양반이 그렇게 칭찬을 한 게 그때 처음이었거든. 그래서 내가 얼매나 더 열씨미 공부했는 줄 아나? 니는 모를 거다. 할배가 글을 다 쓰고 나면 내가 젤 처음으로 읽었다. 할배가 은근히 물어. 어떠냐고 허허. 그러면 내 느낌대로 말해주지. 그 양반 내 말에 환하게 웃다가도 또 근심이 내려앉기도 했지."

분조는 말을 마치고 참 내가 아까 읊었던 것 그 뒤가 궁금하지.

"배고파서 지은 밥은 돌도 많고 미도 많다. 미도 많고 돌도 많은 밥은 님 없는 탓이로다."

"그때는 그랬다. 쌀을 몇 번이나 일어도 돌이 버석거렸어. 그걸 님 탓으로 돌리다니."

분조는 제목이 '자탄가'라고 말했다. 나이87세의 기억력이었다. 생각해 보니 분조가 지은 시 같기도 했다. 할배랑 15년을 살고 사별했으니….

지안이 분조 말을 무시해버리면 바람에 넘어졌던 풀이 일어서듯 한참 후 이렇게 끝까지 다 읊고서야 개운한지 환하게 웃었다.

"지안아! 할매가 네 할배를 처음 본 것이 족두리하고 연지곤지에 활옷을 입고 혼례식장에 섰을 때였다. 그날 큰방에서 마루로 다시 뜰에서 마당에 차려진 혼례상까지. 비가 오니까 사촌 오라비가 나를 업고 갔단다. 발아래를 보니 멍석의 촘촘한 이음새만 보이더라. 천막 아래에 안개비가 내렸다."

분조가 잠시 생각에 잠긴 듯, 안개비를 맞고 있는 듯 눈을 가늘게 떴다.

"내가 긴장해서 방귀를 참았더니 배가 다 아프더라. '신부이배'(전통혼례에서 신부가 신랑에게 두 번 절하는 것) 하는 소리에 큰절을 하려다 그만 오므려 있던 똥구멍에서 '뽀옹' 하고 소리가 났다. 시침을 뚝 떼고 눈을 아래로 떴다. 확대경을 통해 바라보는 것맨치로 어지럽더라. 한복으로 동여맨 가슴이 갑자기 답답했지. 습기 머금은 공기는 꿉꿉하고…. 다행히 다들 모르는 것 같았는데 옆에서 조그만 소리가 들렸다. 어디서 똥 퍼나, 냄새가 지독해. 작은 여자 아이였다. 할매는 웃음을 꾹 참았단다. 그리고 고개를 약간 들고 혼례상 위를 바라봤다. 혼례상 위 양옆 화병에 소나무와 대나무 가지를 꽂고 청색 홍색 실을 걸쳐 두었더라. 양쪽에 세워 둔 양초 두 개에 불이 붙어 있고. 원앙 목기 한 쌍이 보자기에 싸여 앞 줄 가운데 있더라. 밤 대추가 나무그릇 위에 소복하게 담겼고, 암탉과 수탉이 청색, 홍색 보자기에 싸였는데 암탉이 쌀그릇에 있는 쌀을 쪼아 먹고 있었다. 닭 눈이 번뜩이더구나. 우째, 그래 묶인 채로 쌀을 쪼아 묵는지. 내는 참말로 그 간 큰 암탉을 오래도록 바라봤다. 무서운 집착을 마 그때 본 거라."

분조는 그 말을 마치고 호물호물 웃었다.

"내는 네 할배가 궁금했다. 우째 생겼는 사람인지. 용기를 내서 고개를 조금 더 높이 쳐들었다. 똑바로 앞을 바라본 거지. 그랬는데도 니 할배 흉배만 보이는 거라. 해서 고개를 좀 더 쳐들었다. 푸른색 사모관대를 떡하니 입고 있는 니 할배를 보는 순간 할매 가슴이 왜 그리 콩닥거리는지. 하이고, 아무것도 생각 안 나고 멍해지더구나. 곰보나 째보며 우짤꼬 하고 걱정했거든. 인물이 훤하더라."

"또 그 이야기야! 그래서 나보고 어쩌라고!"

"깜짝이야. 그냥 문득 생각이 나."

분조가 입을 닫았다.

"할매 삐졌나?"

 분조는 봉창 밑으로 엉금엉금 기어가더니 재떨이와 담배를 가지고 왔다. 지안의 얼굴을 잠깐 보고 다시 곰방대에 담배를 손으로 꾹꾹 눌러 담았다. 성냥불을 켜는지 푸시시 소리가 나고 작은 불꽃 하나가 성냥에 매달렸다. 분조 얼굴이 성냥불에 번쩍 붉어졌다 사라졌다. 곰방대를 빨아들이는 분조 볼이 옴폭 들어갔다 나왔다. 성냥불이 유연하게 휘어지더니 이내 곰방대에서 연기가 피어올랐다.

 지안이 어렸을 때, 긴 곰방대가 땅에 닿게 하고 할매 곰방대를 빨아 보았다. 니코틴 냄새가 입안에 찐득하니 달라붙는 것 같았다. '할매는 이걸 무슨 맛으로 피우는지.' 아마도 할매 폐 하나가 녹아내리고 없는 까닭은 지독한 니코틴 때문일 거라고 지안은 짐작했다. 독초를 그렇게 피워댔으니…. 할매 폐가 하나 밖이라는 사실을 확인한 것은 할매 나이 90에 알았다. 엑스레이 검사에서다. 폐 하나로 살 수 있다니. 결과를 보고도 믿어지지 않았다. 기적 같았다.

 할매 숨소리가 가릉가릉 났다. 할매가 곰방대를 빨아들일 때마다 빨간 불빛이 허공에 동그라미 하나를 그렸다가 지우고 또 그렸다. 니코틴 냄새가 방안을 서서히 채워나갔다.

"그때는 못 묵어서 얼굴이 누렇게 뜬 사람이 한둘이 아니었다. 오죽하믄 아침에 만나면 '아침 묵었습니까?'가 인사였을꼬. 칡뿌리, 소나무 껍질, 산나물. 참 못 먹는 게 없던 시절이었다. 산이 마알겠어. 나무로 불을 때서 밥을 하고, 군불을 넣고, 어쨌든 땔감은 나무밖에 없었다. 보리가 익어 타작하면 그 까시래기가 목이고 손이고 바짓가랑이 속으로 들어와 찔렀다. 쓰리고 아팠던 세월이다. 한 집에 사람은 오죽 많았나. 누구 집 없이 삼대가 한집에 살았으니…. 만주로 일하러 가 생사를 모르는 내 동생…."

만주 하다가 분조 목소리에 비음이 났다.

"만주 할배 다녀간 지 한 30년 됐나? 이제 지도 내도 그때 끝이지. 우리는 알면서도 서로 다음에 만나자고 굳은 약속을 했다. 그게 더 아픈 거라. 우째 만나겠노. 늙어서 못 오고 가지. 죽었는지도 모르고. 연락이 안 되니 알 수 없제. 세월이 좋다 카지마는…. 시간이 멈춰주기만 했으면, 내도 젊은 사람들처럼 중국 길림성을 몇 번 오고 갔겠지. 이제는 틀렸다, 완전히. 진작에 끝이라는 걸 알았지마는 우째 그걸 또 받아들이겠더노."

지안이 어렴풋이 기억이 났다. 처음 만주에서 편지가 오던 날이었다. 동네에 살던 할매 사촌들이 모두 모였다. 할매는 한문으로 빼곡하게 쓴 편지를 들고 덜덜 떨었다.

"내 동생이 살아 있단 말이제."

편지 속 사진을 보고 또 보며 "장하다. 장해." 하며 사진이 동생이라도 된 듯 어루만지고 쓰다듬었다. 편지 답장은 지안이 몫이었다. 할매가 불러준 대로 연필에 침을 묻혀 가며 썼다. 가끔 할매는 사진틀에 건장한 청년 사진을 오랫동안 올려다봤다. '살아있으면 만날 날이 오겠지.' 가느다란 희망에 기다림이란 굵은 마디를 묶어 두었다. 그리워서 그리움을 삭이고 있었을 것이다. 그리움은 지운다고 사라지는 것이 아니라는 사실을 지안은 어른이 되어서 알았다.

만주 할배가 딱 한 번 왔었다. 할배는 외국인만큼 낯설었고, 낯선 이야기는 소통되지 않았다. 할배는 고국을 떠날 때 맡겨 둔 소가 어디에 있냐고 물었다. 광복 이전의 이야기는 유통기간이 지난 물건처럼 그 누구에게도 이미 사라져 있었다. 만주로 일하러 갔다가 6.25를 만나고 할배는 고향으로 돌아오지 못하다가 한중수교로 고향 땅을 밟았다. 할매는 청년으로 갔다가 늙은 할배로 온 동생을 아래위로 번갈아 바라봤다. 꿈에도 생각지 못한 모습은 끝내 눈물을 왈칵 쏟고야 현실임을 알아차렸다.

시간의 한을 풀어내듯 얼굴을 보고 손을 잡고 등을 쓰다듬으며 탈탈 그리움을 털어냈다. 할배는 아랫방에 한 달 보름을 기거했다. 환경은 가혹하게 생각과 말과 행동을 변화시켰다. 이념이 다른 세월의 더께는 언어에서부터 시작되었다.
"누님, 뭣 하러 일하러 가기요. 육십이 넘었는데…."
"뭣 하러 하다니 일이 있으니 하는 것이제."
만주 할배는 사람은 환경의 지배를 받는다는 증인 같았다. 어딘가 모르게 중국인으로 산 세월을 엿보게 했다. 그것은 사람의 몸에 밴 것이라 명확하게 흑백으로 구분하기 힘든 부분이기도 했지만, 설명하기는 더 어렵다.
분조 예언은 맞았다. 남동생은 살아생전 그렇게 한 번 만나고 끝이었다. 동생이 떠나던 날 진작 알고 있는 듯 "이제 우리가 언제 다시 만나기나 하겠나?" 하다가 "다시 만나자" 했다. 그 말은 스스로 위로였고, 희망 아닌 희망이었다. 어쩔 수 없는 선택 같은 것이었다.
"산다는 것이 우째 이래 고비고비마다 험하겠더노. 지안아! 할매 산 세월 소설이면 몇 권이 되겠고 이야기로 하자면 사흘 밤낮을 해도 모자란다. 그러니 할매 말 새겨듣고 글로 함 써보란 말이다."
"또 그 이야기야. 그딴 거 써서 뭐하게."

지안이 시큰둥하다. 분조는 손녀 지안이 기자라는 사실에 자부심 같은 게 있었다. 기자니까 그 정도는 가볍게 쓰는 줄 알았다.

사실 지안은 지방신문 사진기자다. 사진을 찍어 올린 난에 설명 정도의 기사를 올리는 것이 전부였다. 그런 지안이 방문할 때마다 분조는 자신의 이야기를 조금씩 할 작정인가 보았다. 분조의 욕심인지 모른다. 어쨌거나 할 수 있을 때 해야 한다는 게 분조의 신념 같았다.

지안이 글을 쓰기는 했다. 작은 공모전에 입상하면서였다. 틈틈이 습작하고 있었지만, 자서전을 쓸 정도는 아니다.

"뭐하긴, 박분조 흔적을 남기는 것이지?"

"그딴 흔적 남기면 누가 읽어."

"지랄한다. 누구에게나 생은 귀한 거야."

분조는 다시 말하기 시작한다.

"흙 방바닥에 갈대로 만든 돗자리가 전부였다. 그러니 흙먼지가 풀풀 날렸겠지. 그래도 그곳에서 자슥 낳고 살았다. 첫 딸을 낳고 갈대 위에 그 핏덩이를 눕히고 보니 사람 같지도 않았다. 짐승 사는 거랑 똑같은 삶이야. 울어서 보면 여린 살에 생채기가 나고 찔려 피가 나 있더라. 그렇게 산 세월을 니들이 알기나 하냐? 그걸 꼭 알아서 뭣 하겠냐마는 그런 세월을 살아 낸 할매가 있었기에 네가 있는 거지. 뭐 너는 하늘에서 어느 날 갑자기 툭하고 떨어지지 않았다는 말이다. 네 고모 둘을 어렵게 키웠더니 장티푸스가 돌아 여덟 살, 여섯 살 때 잃지 않았냐. 가들이 소꿉장난하던 사금파리가 집 앞에 있는 걸 봤다. 내 가슴에 확 불이 일어나고 숨이 꽉 막히는 것 같더라. 그리고 낳은 네 삼촌과 고모들. 먹는 것 제대로 먹이지 못하고 키웠다. 보릿고개가 그냥 있는 말 아니다. 그렇게 넷을 낳고 근근이 살아가는데 네 할배가 또 뭔 돌림병으로 죽었다."

"또 그 이야기야. 지겨워."

분조는 휴하고 한숨을 길게 하더니 한참을 그대로 가만히 있었다. 할매 숨소리가 가릉가릉 들렸다. 도대체 할매는 무슨 마음으로 자서전을 쓸 생각을 했을까. 물론 할매는 콕 집어서 자서전이라고 한 적은 없다. 그저 자신이 살아온 이야기를 글로 남겨보겠다고 했을 뿐이다. 그게 자서전이지 뭐겠는가. 할매 자신이 살아온 이야기를 글로 흔적을 남기고 싶은 이유가 도대체 뭔지 모르겠다. 할매는 성주군 월항면 인촌리에서 태어나 그곳에서 결혼하고 그곳에서 줄곧 살아왔다. 그 산골을 떠나 살아보지 않은 할매가 당돌하게 자신의 흔적을 남겨서 뭘 하자는 것인가. 돈이 많은 마님도 아니었고, 저 건너 안동댁같이 몸종을 데리고 시집온 것도 아니었다. 그렇다고 자식을 잘 키워 유엔 총장 만든 것도 아니고. 평범한 생활 아니 너무 밑바닥 생활에 고단함과 고생담밖에 없는 인생을 왜 긁어서 흉터 자국을 확인하고 남에게 보이고 싶은지 이해할 수 없다. 뭔 큰 이력이 있고 성공이 있어야 글로 옮길 건더기가 있는 것이지.

"하이고⋯. 말도 말거라⋯. 광복도 잠시 6.25전쟁 나서 또 그 난리를 겪었지. 6.25 끝나고 마을에 북한군인 하나가 들어왔었다. 지안아 듣고 있냐? 아마 지 혼자 떨어진 거라. 아니면 탈영을 했던지. 그 어린 것이 동상이 걸리고 다리에 상처를 입어 잘 걷지도 못했다. 무서워서 벌벌 떠는 모습이 안쓰러워 마을 사람이 숨겨서 치료해 줬단다. 모두 쉬쉬했지. 날마다 조마조마하면서도 누구 하나 신고하는 사람이 없었다. 아무리 적이라 카지마는 자식 같아서 못한 거지."

분조는 "누구나 생은 귀한 법이지."라고 지안에게 늘 말했다. 굴곡 많은 할매 생이 딱하긴 딱했다.

분조는 친구들이 쌀 몇 되씩 모아서 경주로 3박 4일 여행 갈 때도 못 갔다. 차를 못 타기 때문이다. 십 리고 이십 리고 언제나 짐보따리를 메고 이고 꼬부랑길을 따라 하염없이 걸을 수밖에 없었다. 분조가 딱 한 번 용기를 내 친구들과 함께 버스로 여행을 가긴 했다. 20분쯤 갔을까. 위에서 노란 물까지 쏟고는 버스에서 내려 다시 이십 리 길을 혼자 걸어서 돌아왔다. 그 후 차를 탈 엄두조차 내지 않았다. 차멀미를 그렇게 심하게 하니 꼼짝없이 어디든 걸어서 갔다.

어느 해 정부에서 노인에게 무료로 나눠주던 승차권. 할매는 차곡차곡 모아 둘 뿐 한 번도 그것을 사용하지 못했다. 한낱 종잇조각 그 자체였을 뿐 그 이상 할매에게는 아무것도 아니었다. 할매가 문화적인 혜택을 누린 것이라고는 초파일마다 마을 위에 있는 절에 가는 것이 고작이었다. 그것이 문화적인 행사 측면이 있다면.

할매가 무슨 꿍꿍이로 자신이 살아온 이야기를 토막토막 했는지 이제야 알 것 같다.
기록상 1921년생인 할매가 유일하게 문학이란 것을 하긴 했다. 할배가 쓴 소설을 들고 마을로 나갔다. 소설책은 A4 용지 크기에 실로 묶여 있었다. 누런 종이 속에 한글로 된 글이 붓글씨로 쓰여 있었다. 지안이 기억하기에는 언제나 겨울이었다. 겨울이라는 계절은 농한기다. 봄부터 가을까지 어디 쉴 시간이 있었던가. 겨울 군불 땐 방은 뜨끈뜨끈했고, 동네 노인들은 한집에 모여 앉아 잡담을 나누었다. 분조는 친구들에게 뭔가를 해 줄 수 있다는 사실에 만족했다.

어느 날 방안에서 할매 목소리가 차랑차랑 났다. 가만히 귀 기울여 들어보니 할매가 책 읽는 소리였다. 할매 목소리가 평소와 달랐다.

…목포 항구로 찾아갔다. 하루 이틀 지나가도 소식이 없고, 그 집에서 하는 말이 내 딸이랑 혼사를 치루면… 해상이 제 마음은 좋을 듯하나 모친이 있어 영을 받아 옳소이다…. 오만이가(어머니) 하는 말이 그 집에 장가를 가면 대강이라도 알 듯하니 네 마음대로 해라….

— 곽씨지문

'할매가 저런 먼이 있었나?' 청중을 휘어잡는 목소리. 방안 가득 있던 할매 친구들은 기척이 없다. 또박또박 때로는 길게 여운을 주고, 때로는 한숨을 쉬고 잠깐 틈을 주면 그제야 잔잔한 음성들이 불규칙적으로 튀어나왔다.

"이제 찾을 수 있으려나…."
"저저, 아이구 숨넘어가겠네."

"손에 땀나는 것 좀 봐."

잠깐 왁자지껄하다가도 할매 음성이 소음을 비집고 솟아오르면 다시 잠잠하니 모두 귀를 기울이는 것 같았다. 가끔 "오줌 싸겠어. 좀 쉬어." 하는 소리에 깔깔 웃기도 했다.

마당에 놀던 동네 아이들도 한 명씩 뜨락으로 모여 방안에서 책 읽는 할매 목소리에 귀를 기울였다. 동네 할매들은 저마다 상상의 꼬리를 가슴에 묻고 해가 뉘엿뉘엿해서야 일어났다. 할배가 쓰고 읽은 그 많은 책과 글이 어디로 갔는지 지안은 궁금했다. 할매는 누군가에게 빌려준 책이 돌아오지 않았고, 이래저래 집수리며 이사하는 사이 책이 사라졌다고 했다. 책의 가치보다 먹고 사는 일이 우선이었던 시절, 책의 행방에 관심이 없었다는 말이 정답일 것이다. 할매는 지난 세월이 소설이란다. 지안이 쪼글쪼글한 할매 손을 잡는다. 고단한 손이다. 지안이 그 손을 입으로 가지고 갔다.

"야는 뭐 하는 짓이야!"

분조가 손을 얼른 뺐다. 침이 묻은 손을 치마에 쓰윽 문질렀다.

"할매는 할배랑 입 맞춰 봤어. 뽀뽀 말이야."

"상스럽게 무신. 그런 걸 해."

"그럼 애는 어째 낳았어. 그건 더 불경스럽제."

"그건…."

할매가 산 세월 글로 남겨야 한다고 하면 "그딴 거 뭐하게." 잘라 말했지만, 언젠가부터 분조에게 세뇌 교육이 된 것 같다.

분조는 자식만 먼저 보낸 것이 아니다. 며느리까지 먼저 보냈다. 지안이 엄마가 핏덩이를 두고 저세상으로 가던 날 분조는 다시 모질고 모진 세월을 한탄했다. 지안을 두고 간 며느리가 그래도 고마웠다. '죽으란 법은 없는 거야.' 지안이 없었으면 분조는 살 이유가 없었다. 어린 것이 불쌍해서 악착같이 다시 살았다. 꿀단지를 이고 길을 떠났다. 분조에게 행상이 유일하게 고단한 여행이라면 여행이었다. 빈 젖을 빨며 잠든 지안을 내려다보며 세상이 야속해서 많이 울기도 했다. 그렇게 키운 지안이 시집가서 잘 살기를 바랐지만, 지안이 3년을 못 넘기고 사별했다.

"무슨 놈의 팔자가 이래 억시노"

발버둥치고 지문이 닳도록 일해도 삶은 언제나 모질고 억세고 질겼다.

"지안아. 할매는 억울하다. 그해가 언제였던고. 내는 세상이 야속타. 하남 양반이 자살한 거이. 그 양반은 참 양반 중의 양반이었다. 내가 그 집 품삯 일 가면 언제나 그랬다. 뭐든지 많이 묵어소. 많이 묵어소. 그기 얼매나 고맙던지. 할매가 열심히 참말로 열심히 일 해줬다. 하루종일 밭일하고 돌아오는 길에 보리쌀 한 되 받아서 오곤 했다. 아마도 한 되라지만 한 되 좀 안 됐지. 내가 바보가 아닌 이상 나도 알았다. 허나, 토 달면 또 불러주지 않을까 봐 모른 척했다. 그걸 그 양반이 어찌 알았는지 집으로 돌아오는 길에 기다리고 있다가 슬며시 내 손에 몇 환씩 집어주고는 얼른 사라졌지. 사람이 사람에게 인정받는 일. 참 고맙고도 감사하지. 할매는 그때 그걸 알았다. 그 후로 그 고마움을 갚으려고 그 집일은 무슨 일이든 몸 사리지 않고 해 줬다. 그게 사람의 도리지 싶었다. 남의 집 일할 때도 그 양반이 힘든 일은 내 대신 슬쩍슬쩍 해 줬지. 볏단을 나르는 일, 고구마 자루를 옮기는 일 등 말이다. '힘들지요?' 하고 한마디 건네는 위로가 하루 피로를 싹 씻게 했다. 그게 뭐 그리 잘못된 것인지 할매는 모르겠더라. 소문은 굴뚝에 연기 피어오르듯이 솔솔 소리 없이 요상하게 퍼져나갔다. 할매는 전혀 몰랐지. 양심적으로 도덕적으로. 잘못한 것이 없었으니까.

분조가 이야기하다 말고 한숨을 한 번 크게 쉬었다.

그날 모심는 날이었다. 아마 못줄 앞에서 모를 막 꽂으려고 엎드리는데 첨벙첨벙 물소리와 함께 내 머리끄덩이가 하남댁 손에 잡히고 논바닥에 나뒹굴었다. 순식간이었지. 무방비 상태였으니 고스란히 당했뿟제. 크크, 그날 할매 모습이 가관이었다. 머리에서 누런 흙탕물이 뚝뚝 떨어지고 광목 저고리와 검정 치마가 흙탕 칠갑이 되었으니까. 옆에 사람들이 말리고 난리가 아니었다. 그 아수라장은 논둑에서 하남 양반의 우레 같은 소리가 있고야 끝이 났다. '뭣 하는 짓이야!' 그 소리가 어찌나 크던지 할매도 깜짝 놀랐다. 하남 양반은 평소에 말이 없었다. 원칙에 밝았고, 남을 도와주는 것을 즐겼고, 작은 것이라도 함부로 취하는 법이 없었다. 그런 그 양반이 화를 그래 내는 것은 그날이 첨일 거다. 내도 소문은 들었다. 그래도 내가 잘못한 행동이 없었으니께 참고 있었제. 소문이라 카는 게 시간이 지나면 제풀에 넘어지는 것이니까. 할매는 기다렸다. 그런데 그날 그 사달이 났으니 할매는 마 칵 죽고 싶더라. 어린 니가 없었으면 할매는 지금 이 세상 사람 아이다. 밤새도록 잠을 못 자겠더라. 그날따라 소쩍새는 왜 그렇게 밤새도록 울어 쌌는지. 뜬눈으로 밤을 새고 아침이 되었겠지."

"아침에 난데없이 곡소리가 나는 거라. 가만히 들어보니 하남댁 쪽이라 소리 나는 쪽으로 가 봤더니 그 집이 맞더라. 깜짝 놀라서 집으로 달려왔다. 집에 와서 숨을 몰아쉬고 놀란 가슴을 진정했지만, 도대체 그 집에 누가 죽었는지 아니면 무슨 우환이 생겼는지 모르겠더라. 하남 양반만 무사하기를 바랬지. 세상에 알고 보니 하남 양반이 소나무에 목을 맸다는 거야. 그래 착하던 그 양반이 할매 때문에 목을 맸다 생각하니 밥맛이 딱 멈추어지고 그 짐 덩어리를 어찌해야 할지 모르겠더구나. 어찌 보면 하남댁 오해가 질투를 낳고 한목숨을 앗아간 거고. 무섭다. 할매가 이리 모진 세월을 살아가는 것도 아직 그 죄를 다 벗지 못해서…. 질긴 목숨이다. 너거 할배가 원망스럽고 원망스럽더라. 망할 놈의 영감, 왜 그리도 빨리 가서…."

지안도 원망스럽던 시간들이 많았다. 남편이 그렇게 갑자기 가지만 않았어도…. 삶이 이렇게 팍팍하지는 않았을 것이다. 할매 말에 공감이 갔다.

분조는 두서없이 이 말 저 말을 하며 자신의 과거를 시대별로도 아니고, 연대별로도 아닌, 사건별로도, 초반 중반 말년도 아니게 말을 풀었다. 네가 알아서 정리하라는 듯이. 분조는 착했다. 가난했지만 양심적이었다. 지안은 할매 말을 고스란히 믿었다. 누구나 경험이 가르친다는 것을 지안은 인정했고 알았다. 그래서일까. 집으로 찾아온 행상인을 분조는 그냥 보내지 않았다.

어느 해, 해 질 무렵 체장수가 체를 어깨에 지고 머리에 이고 집으로 왔었다. 저녁을 해서 밥상을 차리던 중이었다. 분조는 체장수를 큰방에 들이고 저녁상을 함께 했다. 밤이 늦도록 오랜만에 만난 자매처럼 두런두런 이야기를 나눴다. 그때마다 지안이는 못마땅했다. 한두 번도 아니고 봇짐장수란 봇짐장수는 다 들이고 했으니 짜증이 났다. 할매는 타일렀다. 사람 정이 그런 것이 아니다. 사람 집에 사람 찾아오는 것은 당연하지. 불평하지 말거라. 언젠가는 네가 다시 받을 복을 쌓는다 생각해라. 그 후 지안은 돌아올 복 짓는다는 할매 말을 잊지 않고 있다.

할매가 말하지 않은 부분들을 지안은 생각해 봤다. 그렇다고 선뜻 할매 자서전을 쓰겠다는 것은 아니었다. 그딴 것을 뭣하러 써야 하는지 뚜렷한 목적이 없어서다. 자서전 쓰기가 아무리 유행이라 하지만, 할매가 자서전을 남기겠다는 것은 별 효용 가치가 없다는 결론이다. 가난하게 살았고, 그 가난이 무슨 교훈이 되는 것도 아니고, 본받고 이어갈 사건이고 기념할 만한 것도 못 된다. 그런데 할매는 억울한 일을 반세기 후에 남겨서 어쩌겠다는 것인지. 읽어 줄 사람도 고작 지안이 하나뿐이지 않은가. 지안은 무거운 숙제 하나를 떠안고 돌아가는 발걸음이 엉덩이에 낀 팬티처럼 찜찜했다.

분조가 실버카에 의지해서 밖으로 나왔다. 누군가를 기다리는 일상은 새로운 기대와 삶에 활력을 넣어준다. 분조는 기다림이 있었기에 삶을 견디어 냈을 것이다. 앙상한 두 다리를 실버카에 의지하는 그 삶이야말로 가느다란 희망에서 오는 새로운 메시지일지도 모른다. 그것이 있기에 하루를 견디어 내고 새로운 하루를 디딤돌처럼 건넌다. 억세고 거칠었던 젊음을 실버카에 몽땅 싣고 한발 한발 내디딘다. 작은 돌멩이 하나에도 비틀거리는 노년을 분조는 그저 묵묵히 왔을 뿐이다. 분조가 골목 어귀에 멈추었다. 실버카를 돌려 의자에 앉는다. 실버카는 분조에게 다리 역할과 의자를 함께 제공했다. 다시 하염없이 골목을 바라본다. 조급해하지도 초초해하지도 않았다. 그냥 그 자리에 앉아 있을 뿐이다. 그것이 하루의 일부분이라는 듯. 당연한 포즈처럼. 의자가 닳아서 보푸라기가 일고 때가 타서 반질반질해도 분조는 상관하지 않았다. 오직 그리운 이가 저 골목 끝에 나타나 주면 그만이다. 바람이 흙먼지를 일으켜도 얼굴 한번 찡그리고 만다. 분조 얼굴이 꽃이 벙그는 것처럼 환하다. 저쪽에서 한 사람이 걸어오고 있다. 요양보호사다. 지안이 분조를 혼자 두고 자신이 사는 도시로 돌아올 수 있는 것도 요양보호사가 있었기 때문에 가능한 일이다. 그녀는 일주일에 두 번씩 분조를 찾아와서 분조의 일상을 도와주었다. 시간이 지나 몇 개월, 몇 년을 함께하다 보니 분조와 딸 같은 사이다. "엄마!" 하며 달려오는 폼새가 영락없는 모녀 상봉 장면이다. 분조가 혼자서 살 수 있는 에너지원이다.

요양보호사는 요즈음 분조 상태를 지안에게 전화로 알려주곤 했다.

"연세에 비해 아주 건강하신 것 같아. 그런데 하남 양반이 누구야. 요즘 부쩍 하남 양반 이야기를 많이 하셔서. 그 양반이 엉뚱하게 꿈에 자꾸 보인다 하시네. 죽을 때가 되니 이승에서 지은 죄 씻고 가야 한다고 하면서."

"죄는 무슨, 살다 보면 억울한 일도 당하고 오해도 생기고 그런 거지."

"자꾸 지안이가 말을 안 듣는다고 하던데…. 뭔지 물어봐도 돼?"

"자서전을 써 달래요."

"뭐! 자서전. 뭐하시게?"

"그냥 뭐, 남기고 싶은 게 많은가 봐요."

지안이가 알고 있는 할매보다 할매는 더 영리하고 견문이 높은 것인지 모르겠다는 생각이 번뜩 들었다. 할매는 언제나 책을 읽었다. 책 때문이다. 책을 읽으며 할매는 가만히 앉아서 유럽을 가고, 미국 일본 중국을 여행했다. 소설 속 주인공이 되어 공주도 하인도 되는 상상을 했을 것이다. 언젠가 지안이 녹취할 때 분조는 소설을 그냥 다 외우고 있었다.

…아무리 탁란시상 되었기로 정신 잃고는 못 살겠네. 그 부녀 변색하여 사시가 급하오니 어서 배삐(빨리) 가옵소서. 아해(아이) 받아 품에 품고 정신없이 달아난다. 삽시간에 도둑놈이 여허장검(칼) 손에 들고 부인 전에 돌아와서….

- 박할량전

조사 하나 빠짐없이, 책을 보고 읽는 것 같았다. 지안이 놀라서 물었다.

"할매! 우째 토씨 하나도 안 빼고 다 외우노?"

"하도 많이 읽어 싸니까 그렇게 됐뿌리네. 백 번도 더 읽었을걸."

지안이 기가 찼다. 분조 나이 구십을 바라보던 때였다. 시간이 확보한 오롯한 공간에 소설이 남아 있었다.

지안아 할배가 쓴 이야기처럼 나도 이야기를 지어 보고 싶었다. 그 말을 할 때 할매는 진짜 소설을 쓰고 싶은 표정을 지었다.

요양보호사를 통해 읽는 책들이 요즈음엔 평전이나 자서전이라니… 할매가 책을…. 지안에게 놀랄 만한 뉴스였다. 자서전을 남기고 싶은 마음이 살짝 이해된다.

"부탁 같은 거 안 하는 노인인데… 별일이네."

"그러게요. 고민 중이에요."

지안은 못다 푼 수학 문제를 들고 집으로 향하듯, 뭔가 무겁고 습한 기운이 엄습해 오는 것을 느꼈다.

지안은 생각했다. 내게 중요하지 않더라도 할매한테 중요한 일이라면, 그게 간절한 소망이라면…. 지안이 소설을 쓴다고 하지만, 아마추어 수준인 자신이 자서전을 쓸 만큼 역량을 갖추지 못했다는 사실을 알고 있다. 그렇다면 정말 프로 작가에게 부탁해 볼까. 지안은 인터넷을 뒤지며 전화기를 들고 놓기를 수차례 했다. 상담은 상담일뿐이었다. 할매를 가장 가까이서 가장 잘 아는 이는 지안이 자신뿐이다. 도대체 할매가 자서전을 쓰겠다는 목적이 뭐란 말인가.

분조가 말했었다. 자신이 소설 속 주인공이 될 수 있다고. 그럼 소설을 쓰라는 것인가? 말도 안 되는 억지를 하는 이유가 뭘까. 지금까지 분조가 토막토막 지안에게 이야기한 사실이 배경이 되고 분조가 주인공이 되는 뭐 논픽션을 말하는 것인가. 하기사 분조가 논픽션이니 픽션이니 하는 영문을 어떻게 알 수 있을까. 지안이 곰곰이 생각하다 그렇다면 자서전에 가까운 논픽션을 써 볼까 하는 생각이 들었다. 자서전도 아니고 논픽션도 아닌 중간 지대. 그럼 글의 종류는 어디에도 소속되지 않는 분조 할매의 유일한 일생이 담긴 다큐멘터리 비슷한 것으로. 지안은 어디서부터 시작하는 것이 좋을까 생각했다. 태어난 시기부터 아님 결혼부터 아니면 하남 양반 사건부터. 사건 위주로 쓴다면 몇 가지일 뿐이고, 가난과 고생담이야 그 시절 누구나 겪은 특별 할 것도 없는 일이다. 특별한 일을 쓰고자 하는 것은 애초에 없었지만, 분조가 겪고 나온 이야기. 사라진 풍습은 그런대로 흥미가 있다. 사라지고 없어진 것은 지금 분조 입을 통하지 않으면 그 생생한 모습을 재현할 수 없다. 지안이 갑자기 시간이 얼마 남지 않았다는 조급함이 밀려왔다. 자식을 잃은 모성도 들어가야 한다. 자식을 잃은 마음은 과연 어떨까?

지안이 잠깐 소파수술을 하기 위해 산부인과 수술대에 누왔던 자신을 기억하다 몸서리친다. 지안은 지금도 그때를 생각하면 두렵고 미안하다. 자궁 외 임신이었다. 마취가 들어가기 전 지안은 오른손으로 아랫배를 쓰다듬으며 아이와 이별을 했다. 눈물이 났다. 단 몇 개월을 품은 태아와 이별도 한동안 마음이 아파 견딜 수 없었는데…. 그 아이가 태어났다면, 어쩌면 삶이 바뀌었을지도 모른다.

할매는 몇 년을 키운 자식을 그것도 둘을 한꺼번에 보낸 마음을 지안은 짐작도 할 수 없었다. 그 사금파리를 보는데 가슴에 불만 확 났을까. 억장이 무너지는 소리가 났을 것이다. 할매 인생 역사가 차츰 정리되어 갔다.

영화 〈타이타닉〉의 시작처럼 주인공 로스 할매가 회상하는 식으로 써야겠다.

그게 지안이 쓰기에 쉬울 것 같다. 할매 입을 통해서 쓴다면 그리 어려울 것도 없다. 조금만 문학적인 요소를 첨삭하면 된다. 오랜만에 지안이 무거운 짐을 내려놓은 듯 마음과 몸이 가볍다. 이제 계획을 세웠으니 할매 목소리를 녹취하고 글로 옮기면 되겠다. 당장 이빈 주말부터 시작해야겠다고 지안이 생각했다.

핸드폰을 열었을 때, 아차 싶었다. 음소거한 전화에 빨간 물음표가 빨갛게 익어가고 있었다. 통화기록을 터치해 열었다. 요양보호사다. 전화를 분 단위로 했다.

"왜 그렇게 전화를 안 받아?"

신경질부터 냈다. 지안이 대답도 못 하고 우물거렸다. 할매가 입원했단다.

"며칠 감기 증세가 있을 뿐이었어. 그게 갑자기 폐렴으로…"

말도 안 된다. 며칠 사이로 그렇게 된다니…. 담당 의사를 찾았다.

"워낙 고령이라… 면역력도 떨어지고…."

응급조치를 취했으니 두고 보자고 했다. 할매는 응급실에서 중환자실로 옮겨졌다. 할매 자서진을 이세 막 시작하려고 하는데 사달이 났다. 자서전보다 할매가 빨리 회복해야만 하는데 지안은 자신도 모르게 자서전이 먼저 떠올랐다.

"할매 자서전 시작하자."

분조가 누워 있는 일인용 침대는 유아를 더블 침대에 눕혀 놓은 것처럼 커 보였다. 이불 밖으로 나온 손가락 끝이 류머티즘성 환자처럼 굽어 있다. 할매가 거친 숨을 몰아쉬는지 산소 호흡기에 하얀 김이 서렸다. 얇은 가슴팍이 희미하게 들썩거린다.

"오늘, 밤을 넘기기 어려울 것 같습니다."

의사가 말했다. 지안은 의사가 말한 '오늘'이란 말에 자신도 모르게 소리쳤다. 안 돼, 안 돼.

지안은 분조가 되어 담담하게 소설도 아닌, 자서전도 아닌 글을 써 내려갔다. 가끔 가릉가릉 숨소리를 내는 분조가 옆에 와서 소곤거리기도 했다. 어린 분조가 조금씩 자라나고 있다. 우물에서 물을 길어 올렸고 머리에 똬리를 얹고 물동이를 올렸다. 조심조심 걷는 분조 어깨로 물방울이 한 방울 흘렀다. 물방울은 시간을 머금고 세월을 담았다. 멍석 위에서 혼례식을 치르고 다시 아이를 잃은 분조의 눈물이었다. 사랑도 건조했고, 아리고 아팠다. 질기고 고단한 삶, 끝내 밟아보지 못한 길로 분조는 걸어서 갔다. 어디든 걸어서만 갈 수 있다.

숨

크르렁, 크르렁. 굴삭기가 평탄 작업하는 소리가 하늘로 울려 퍼졌다. 잔잔하던 웅덩이의 물결이 파르르 떨렸다. 복숭아나무 이파리가 바람에 꽃잎 떨어지듯 천천히 흩날렸다. 이파리가 떨어진 곳에 붉은 가지가 드러나기 시작했다. 온몸의 신경이 두드러기처럼 툭툭 살갗으로 솟아올랐다. 명지는 그 나무를 바라보고 있었다.

밭둑에 있는 복숭아나무는 10년 전에도 그 자리에서 꽃을 피우고 열매를 맺었다. 잡풀과 나무 사이에서도 유독 꽃을 많이 피웠다. 가지치기를 하지 않았지만, 나무는 스스로 자생력을 키우며 자랐다. 밭은 할아버지가 아빠에게 유산으로 물려준 것이었다. 몇 년을 묵혀온 밭은 버드나무가 어른 팔

뚝 굵기로 자랐다. 오리나무, 칡덩굴, 뽕나무 등이 뒤엉켜 산이 되어 가고 있었다.

명지는 복숭아꽃 필 무렵이면, 이곳에 와서 우두커니 나무를 바라봤다.

"별아, 별아."

입술을 답삭거리며 아이 이름을 불러보았다. 복숭아나무가 대답이라도 하는 것처럼 부르르 떨었다. '나는 너를 보내지 않았어.' 먼 하늘을 올려다봤다. 구름 한 조각이 마을 위에 떠 있었다. 마을을 내려다봤다. 고요하다. 언제나 그랬듯이 평화로워 보였다.

크러렁, 크러렁. 굴삭기 버켓이 허공으로 높이 들어지는가 했더니 버드나무가 기우뚱 넘어졌다. 뿌리를 땅에 단단하게 박아 지난해 태풍에도 끄떡없더니, 굴삭기 버켓의 힘에는 어쩔 수 없는지 뿌지직 소리를 내며 주저앉았다. 그렇게 넘어진 버드나무는 잡풀과 함께 땅속으로 사라졌다. 굴삭기가 땅을 뒤집고 고개를 쳐들 때마다 한 평씩 붉은 흙이 평수를 넓혀 갔다. 평탄 작업은 거대한 힘의 생산이었다. 땅은 이리저리 뒤척이면서도 부드럽다. 땅은 무엇이든지 묵묵히 품어야 했던가 보다. 땅 위에 상처 같은 굵은 바퀴 자국을 남기며 굴삭기는 밭둑으로 움직였다. 명지가 소스라치게 놀라 복숭아나무 밑으로 달려갔다.

 아이는 이름도 갖지 못했다. 태명으로 '별이'라는 이름을 가졌을 뿐이었다.
 타이난을 가지 않았다면…. 어떻게 되었을까. 명지는 잠시 생각했다. 안개비가 건물을 적시고 있었고, 거리는 한적했다. 2층 건물의 스타벅스 창가 자리에서 그를 생각하고 있었다. 그는 어디든 따라왔고, 어디든 있었다. 한적한 거리에도, 스타벅스 앞자리에도…. 타이난으로 도망치듯이 가면서 환경이 바뀌면 모든 것을 잊을 수 있으리라 생각했다. 외로움은 더 지독했고, 감정은 농익어 갔다. 그때 그가 명지 앞에 나타났다. 타이난 중심의 스타벅스에. 정말 꿈같이. 현실은 멀미를 앓듯이 어지러웠지만, 감정은 고장 난 브레이크처럼 멈춰지지 않았다. 타국에서 만남은 모든 것이 용서되었고, 모든 것이 이해되었다. 그와 헤어지기로 한 그 무렵, 별이가 명지 자궁 속으로 들어와 신호를 보내왔다. 처음엔 몰랐다. 별이 신호는 가냘프고 희미했다.

 상견례가 있던 날이었다. 약속 장소에 먼저 도착한 명지가 화장실에 갔다. 긴장할 때마다 화장실에 가는 버릇이 있었다. 밖에서 웅성거리는 소리가 들려왔다.

"저쪽 아빠가 난쟁이래!"

난쟁이라는 말에 명지는 저도 모르게 밖의 소리에 귀를 기울였다.

"쯧쯧. 이건 절대 이룰 수 없는 혼사야. 언니는 그걸 알고도 여기 왔어?"

"애는 괜찮아?"

"언니는 애가 괜찮으면 뭘 해? 지금 난쟁이 손자가 나올 판인데…."

"소리 낮춰. 누가 들으면 어쩌려고."

"봤어. 로비에 있던…. 그 사람이구나."

그들은 목소리를 한층 낮추고 소곤거렸다. 명지는 나갈 수 없었다. 한동안 변기통에 걸터앉아 있었다. 쏴아쏴아. 물 내리는 소리가 몇 번 들리고 조용했다. 주위가 조용해지자 조심스러운 발걸음 소리가 들리고 이어 엄마 목소리가 들렸다.

"명지야! 화장실에 있니?"

엄마 목소리가 들리자 왈칵 눈물이 났다.

"응, 엄마 나 여기…."

"저쪽 어른들 다 오신 거 같은데 여기 있으면 어떡해. 빨리 나와."

엄마 목소리에도 긴장이 묻어 있었다. 명지는 화장실에서 들은 이야기를 엄마에게 말할 수 없었다.

엄마는 중학교 교사였다. 첫 부임지인 청안, 그곳 서예학원에서 아빠를 만났다. 외로움을 달래기에는 서예만 한 것도 없었다. 퇴근하기 바쁘게 학원으로 달려갔다고 했다. 처음 붓을 잡는 방법을 가르쳐 주던 아빠 손이 그렇게 예쁠 수가 없었다고 했다. 아빠는 저신장 장애인이었다. 엄마에게 키는 문제가 되지 않았다. 아빠의 키는 유전(선천적)이었다. 할아버지 또한 그랬으니까. 남자만 문제였을까. 명지는 정상아로 태어났다. 명지를 임신한 엄마가 결혼 발표를 하면서 신랑 키가 좀 작다고 했을 때까지만 해도 외가 식구들은 개의치 않았다고 했다. 아빠를 본 외가 식구들은 모두 당황스럽고 놀라움을 감추지 않았다고 했다. 특히 외할머니는 "네가 뭐가 부족해서… 학력이 부족하냐? 얼굴이 빠지냐? 도대체 왜? 안 보고, 안 들은 걸로 하겠다."

결혼을 하든지 집을 떠나든지 택하라고 했을 때, 엄마는 명지를 택했다. 엄마는 부모를 잃었고, 명지는 부모를 얻었다. 아빠 키가 또 문제로 부상했다. 그렇다고 결혼 문제로 아빠를 배신할 수는 없다. 아빠 때문에 명지는 또 그를 외면할 수 없다. 선택의 문제는 언제나 어렵고 고민스럽고 잔인하다.

엄마와 아빠에게 상처를 주면서까지 결혼하고 싶지 않았다. 명지는 엄마 손을 잡고 상견례 장소로 갔다. 예약실에는 아무도 없었다. 식탁 위에 메모지 한 장이 덩그러니 놓여 있었다. 더 이상 만날 이유가 없을 것 같다는 내용이었다. 아무것도 모르는 엄마가 눈치를 채고 미안해서 어쩔 줄 몰라 했다.

"네 아빠 때문이라니?"

명지는 아무 말을 하지 않았다. 그가 전화했다. 부모님의 행동을 대신 사과한다고, 금방 갈 테니 잠깐만 기다리라고 했다. 명지는 대답하지 않고 밖으로 나와 버렸다. 그리고 전화기 배터리를 뽑았다.

별이는 원하든 원하지 않든 명지에게 왔고, 명지는 별이를 받아들여야만 했다. 그렇게 반대하던 시댁도 임신 소식이 전해지자 어쩔 수 없다는 이유로 수긍했다.

태어난 생명은 겨우 몇 주만 명지 곁에 머물렀다. 태어날

때부터 안면 기형과 발가락 손가락 합지증을 보였다. 입천장에 구멍이 있어 우유를 먹는 것조차 힘들어했다. 명지는 아이를 안고 어쩔 줄 몰라 했다. 아이의 말간 눈을 바라보면서 아무것도 할 수 없었다. 예쁜 그 눈을 바라보고 있으면 저 가슴 밑바닥을 무수히 많은 바늘로 후벼 파듯이 통증이 올라왔다. 통증을 밀어내며 본능적 욕구는 끊임없이 일어났다. 먹는 것이 미안했고, 잠을 자는 것이 부끄러웠다.

보드라운 피부는 따스했고, 꼬옥 안으면 사르르 녹아내릴 것만 같았다. 아이가 태어나기 전에 준비한 모빌이 천장에 매달려 빙빙 돌고 있었다. 답이 없는 현실 앞에서 답을 찾을 수가 없었다. 결혼 반대를 했던 이들의 숙덕거림은 가시로 혀를 찌르는 것 같았다. 소문은 빨랐고, 빨리 돌아왔다. 시어머니가 말했다.

"반대한 이유를 이제 알겠어? 내 아들 앞날 생각하면 기막혀 잠도 안 와. 나를 이해하겠니?"

위로는커녕 오로지 아들 앞날을 걱정하는 마음을 이해할 수 없었다. 아니 이해하기 싫었다.

그나마 시누 남편이 몇 번 왔다 갔다. 축산물 가공 업체 사장인 그를 만나면 늘 비릿한 고기 냄새가 나는 듯했다. 남편은 그를 형님처럼 따랐다. 그 또한 남편이 좋아하는 안창살이라든지 제비추리 같은 고기들을 가지고 왔다. 고기가 오는 날이면 밤늦도록 소주를 마셨다. 별이를 낳고 처음에는 축하주를 그다음에는 위로주를. 술자리 이름이 다양하기도 했다.

그날 시누 남편은 전화도 없이 안창살과 제비추리를 들고 찾아왔다. 고기 냄새와 술 냄새가 집안에 자욱하게 퍼졌다. 명지는 공기 청정기를 가동했다. 별이가 있는 방의 문을 꼭 닫았다. 아이는 자는 것 같았다. 부족하다는 마늘을 사러 마트에 잠깐 다녀왔다. 두 사람은 기분 좋게 취해 갔다. 그날따라 아이의 칭얼거림이 없어 이상하다 생각했지만, 모처럼 편안한 시간을 즐겼다. 손님이 돌아가고 방에 들어갔을 때였다.
아이가 싸늘했다. 숨이 멈춰 있었다.

복숭아꽃이 흐드러지게 핀 날이었다.

누구에게도 알리지 않았다. 시누가 전화를 했다. 아무 일 없느냐고? 대답하는 것조차 힘들었다. 시누가 스쳐가듯이 별이 소식을 물었다. 뭔가 이상한 예감 하나가 지나갔다. 아이의 죽음은 시누의 입을 통해 알려졌다. 그 누구도 아이의 죽음을 슬퍼하지 않았다. 오히려 위로한다는 것이 우스운 일이었다.

"효녀다. 효녀야. 엄마 아빠 고생 안 시키려고 일찍 갔어. 타고난 명을 어쩔 거야. 슬퍼하지 마라. 아이는 다시 가지면 된다."

"그게 말이라고 합니까."

아이가 어려 수술도 한 번 해보지 못하고 보냈다. 어린 것이 얼마나 힘들었을까. 숨소리가 은어 비늘처럼 팔딱거렸다. 우유병을 입에 넣어 줘도 숨을 몰아쉬느라 건강한 아이들같이 쑥쑥 빨아먹지 못했다. 아이의 고통은 아이가 없어도 아팠다. 남겨진 흔적은 미안함으로 얼룩져 갔다.

명지는 화장火葬하라는 어른들의 말을 뿌리치고 복숭아나무 밑에 별이를 묻었다. 별이는 이 세상에 태어나 아무 흔적을 남기지 않았다. 다만 작은 무덤만 남겼다.

크러렁, 크러렁 굴삭기가 밭둑으로 다가왔다. 명지는 굴삭기 앞을 가로막아 섰다.

"이곳은 하지 마셔요. 아이 무덤입니다."

굴삭기가 멈추었다. 기사가 내려왔다.

"어떻게 할 겁니까?"

명지는 대답 대신 꼬챙이로 땅에 반원을 그렸다. 경계선이었다.

"여기까지만 해 주셔요."

굴삭기가 서서히 물러났다. 명지는 땅바닥에 손을 짚고 앉았다. "엄마, 추워요." 하던 별이 목소리가 선명하게 떠올랐다. 꿈에서였다. 하얗게 눈이 쌓인 산 앞에 커다란 호수가 있었다. 호수에 물이 가득 고여 있었고, 잔잔한 물결은 파랗게 보였다. 호숫가에는 아무도 없었다. 다만 벚꽃인지 매화꽃인지 모를 나무 세 그루에 꽃이 하얗게 피어 있었다. 이상하다. 이렇게 눈이 와 있는데 꽃이 피었네. 명지는 뜻밖의 풍경을 보며 눈길을 따라 걸었다. 어디선가 "엄마, 추워요" 하는 소리에 주위를 두리번거리며 살폈다. 별이가 봄옷을 입고, 길이 없는 산에서 아장아장 내려오고 있었다. 꿈속에서 별이는 정상적인 얼굴이었다. 그럼에도 불구하고 명지는 단박에 자신의 딸이라는 사실을 알았다. 콧날이 뾰족했고, 입술은 도톰하고 붉은 루주를 바른 듯 입술선이 선명했다. 피부가 붉었다. 아이가 다가오더니 춥다며 얼굴을 부비고 혀로 코끝을 간질이기 시작했다. 히히잉, 이히잉. 눈을 떴다. 마루(애완견)

가 멈칫 놀라 빤히 내려다보고 있었다.

"너 이 녀석. 너였어."

허탈한 마음에 주위를 둘러봤다. 마루가 잠을 깨운 이유가 있었다. 출근 시간이었다. 별이는 그렇게 꿈에 꼭 한 번 왔었다. 명지는 별이 생각만 하면 소름이 돋았다. 고통 없는 죽음이 어디 있을까.

별이가 느닷없이 그렇게 가고 한동안 아무것도 할 수 없었다. 보지 않으려 해도 아이의 물건이 눈에 밟혔다. 보이지 않았던 것들까지 선명한 각을 세우고 드러났다. 그것들이 명지를 지치게 했다.

'그래, 얼마나 힘들었겠어. 먹는 것, 숨 쉬는 것조차 안쓰러워 볼 수 없었잖아'

모질게 잊으려 노력했다.

그런데 그 모든 것이 아빠 탓이라고 시댁에서 수군거렸다. 유전자 변이라고. DNA에 분명히 문제가 있을 것이라고…. 별이 죽음을 슬퍼하기보다는 당연시했으니, 그 책임은 친정쪽 문제란다. 어떻게 증명을 할까. 답답할 뿐이었다.

아빠는 외손녀의 죽음에 자책했다.

"내 탓이다. 내 욕심이 문제였다. 너를 낳은 것. 네 엄마와 결혼한 것부터…."
아빠는 수행하듯 작업실에서 나오지 않았다. 수많은 수묵화를 그리고 난을 치고 붓글씨를 쓰면서 오직 예술적 성취에만 몰입했다. 그저 시간의 치유를 기다리며 견뎌내는 것 같았다.

시간이 지나가기만을 기다리는 것은 명지와 남편도 마찬가지였다. 이상한 것은 별이가 간 후 시어머니의 태도가 확 바뀌었다. 한동안 명지는 받아들일 수 없어 의아하기만 했다. 명지를 위로하기 위해 매일 반찬을 만들어 왔고, 보약을 지어 왔다. 명지가 불편한 기색을 하면 이렇게 말했다.
"하나밖에 없는 내 며느리, 내가 안 챙기면 누가 챙겨. 불편할 것 하나도 없다."
시어머니는 명지를 위로한다는 명목으로 여행을 제안했다. 환경이 바뀌면 슬픔이 작아진다는 논리였다. 함께 여행하면서 명지는 차츰 시어머니의 사랑을 느꼈다. 여행은 소통하게 했고, 불편함을 편안함으로 원망을 이해로 바꾸어 주었다. 가족은 이렇게 만들어지는구나 생각했다. 그러고 보니 별이는 어떤 모양으로든 가족을 이루게 했고, 그 가족을 화해시켜 주었다. 별이가 태어난 이유가 그것인가?

가끔 밭둑 복숭아나무 밑을 찾아 오래도록 앉아 있는 것이 위안이 되기도 했다. 팥알만 한 복숭아 열매를 따버릴 때마다 그 감촉이 별이 피부처럼 보드랍다는 생각을 했다. 별이를 그곳에 묻고 한 번도 복숭아를 따 먹지 않았다. 꽃이 떨어지고 열매가 자라면 모두 다 따버렸다. 별이 눈물이 맺혀 자라고 있는 것 같았다. 그렇게 아픔은 흉터를 남기며 치유되어 갔다.

그날은 미국 지점에 근무하던 시동생이 휴가를 얻어 귀국한 특별한 날이었다. 내키지 않았지만, 예의상 가족이 다 모인다니 얼굴만 비치고 돌아올 생각이었다. 시누 남편은 축산 가공 업체 사장답게 소고기를 부위별로 가져왔다며 너스레를 떨었다. 명지는 채식주의자는 아니지만 언젠가 도살 직전의 소가 흘리는 눈물을 보고 한동안 소고기를 먹지 못했다. 그 큰 눈에서 굵은 눈물이 흘러내렸지만, 소는 소리 내어 울지 않았다. 고기 굽는 냄새가 공기 속에 미세하게 스며들고 가족들은 기분 좋게 술을 마시고 고기를 먹었다.

명지는 주방을 오가며 가족들 시중을 들었다. 그것이 자신이 해야만 하는 일인 양 분주하게 오갔다. 어느 순간 시원한 바람을 쐬고 싶어 밖으로 나왔다가 뒷문으로 들어갔다. 그때 식구들의 은밀한 대화 소리가 들렸다.
"평생 고생이지. 수술비만 해도 엄청날걸요. 그 감당을…. 그렇다고 정상으로 되는 것도…."
"그럼, 새끼니 아픈 마음이야 어쩔 수 없지. 또 지나가니…. 그때뿐이야."
"그래도 그게 할 짓이야. 사람의 탈을 쓰고…. 자가 알아 봐라."
"소리 낮춰요. 들으면 어쩌려고…. 저를 위한 일이었잖아요. 알기나 하겠어요. 난 내 자식 평생 아파하는 것 못 봐요."
명지가 무언가에 걸려 넘어질 듯 앞으로 꼬꾸라졌다. "쿵" 소리에 모두 화들싹 놀라 말했다.
"이게 무슨 소리야!"
달려온 가족들의 다급한 소리가 들렸다.
"무슨 일이야. 빨리 찬물, 찬물 가져와!"
얼음처럼 차가운 물이 명지 얼굴에 쏟아졌다.
"애가 언제 나갔어."
"정신 차려."
누군가 명지 얼굴을 때렸다. 명지가 정신을 차렸을 때, 가족들은 아무 일도 없었다는 듯 일상으로 돌아갔다.
"그렇다고 정상으로 되는 것도…. 그럼, 자식새끼니 마음

아픈 것이야 그때뿐이야." 하며 대화하던 그 목소리들이 이 명처럼 방에 누워 있어도, 길을 가도 불쑥불쑥 들려왔다. 그러나 아무 증거가 없다. 벌써 지난 일이 되어버렸다.

  별이 죽음으로 아빠는 외출도 하지 않았다. 아빠는 작업실에서 붓을 놓지 않았다. 그 일만이 아빠를 위로하는 일이었다. 엄마와 나는 기다리는 것 밖에 아무것도 할 수 없었다. 작업실 문을 여는 것도 삼갔다. 가끔 아빠의 탄식이 밖으로 흘러나왔지만, 누구도 대신할 수 있는 일이 아니었다. 때로는 식사도 잊고 작업에 매달렸다. 아빠의 솜씨가 늘었는지 알 수 없었으나 종이를 사용한 분량만 보면 정말 놀랄 정도였다. 종류별로 쌓아둔 화선지는 물이 증발하는 것처럼 사라졌다. 3절지부터 전지까지 용도에 따라 쓰이고 그려진 수묵화, 에서체, 초서, 한글 등 글씨체도 다양했다. 하얀 화선지 위에 글씨와 그림은 때로는 날아갈 듯 가벼워 보였고, 때로는 그 무게감으로 시선을 고정시키기도 했다. 알 수 없는 그 오묘한 매력에 지칠 줄 모르고 바라보기만 해도 벅찬 감동에 빠져들게 하는 마력이 있었다.
  명지는 아빠가 수묵화를 그리고 서예를 하는 모습을 보면 왠지 숙연해지곤 했다. 그 진지한 모습은 누구도 흉내낼 수 없을뿐더러 오직 아빠만이 풍길 수 있는 아빠 것이었다. 작업실에 있을 때 세상에 부러울 것 없었다. 붓글씨를 쓸 때나 수묵화를 그리고 있을 때 아빠는 가장 행복한 모습이기도 했다. 작업실 좁은 공간은 삶에 있어 유일한 안식처 같았다. 손끝에서 피어나는 용잠화, 제비꽃, 등꽃은 저 깊은 마음속에 응어리진 한을 잘게 잘게 풀어 향기로 내뿜는 것 같았다. 농축된 감정을 승화시켜 가는 예술가의 혼은 정말 존경해야 한다고 명지는 생각했다. 키 작은 난쟁이가 아니라 한 예술가의 힘을 보았고, 세상의 선입견이 아니라 내면을 향한 정열을 명지는 보고 자랐다.

외가에서 왕래하는 사람은 없었다. 이모가 가끔 엄마를 찾을 뿐이었다. 이모는 비싼 명품가방을 들고 유명 메이커 옷으로 치장하고 왔다. 그것이 유명 메이커라는 사실조차 모르는 엄마에게는 한낱 옷, 가방, 그 용도 이상 이하도 아니었다. 그들은 그들의 세계가 있을 뿐이었다.

가난한 예술가. 그것도 장애가 있는 예술가를 택한 엄마는 이모가 다녀간 며칠은 우울해 했다. 이모의 삶이 부러워서가 아니라 이모가 전해주는 소식 때문이었다. 늙어 가는 외할머니와 외가의 피붙이들에 대한 그리움 때문이었다. 그리움은 세월이 시간이 지난다고 엷어지는 것이 아니었다.

　언젠가 아빠 전시회에 외할머니가 딱 한 번 왔다. 물론 아빠가 없는 날이었다. 아빠를 만나는 것이 무슨 수치스러운 일인지 할머니는 아빠를 철저하게 외면했고 피했다. 아빠 작품이 아시아에서 열리는 무슨 공모전에 대상으로 당선되고 신문에 크게 난 날이었다. 신문에 실린 아빠 얼굴은 미남으로 아주 젊게 나왔다. 신문사에서 작업실로 찾아와서 사진 찍겠다는 것을 아빠는 한사코 반대했다. 다만 얼굴 사진을 이메일로 보내주겠다고 약속했다. 스마트폰으로 아빠 얼굴을 찍을 때, 아빠는 사진 찍는 것을 몹시 어색하고 불편해했다. 그러고 보니 아빠 사진을 본 적이 없다.

　외할머니는 사진이 신문에까지 실렸으니 "한 번 가 보자."는 이모 말에 못 이긴 척 따라 나온 걸음이었다고 이모가 귓속말로 전해 줬었다.

　그날 외국 기자들도 왔다. 특히 중국 쪽에서 관심을 많이 가졌다고 뉴스에 나왔다. 마침 중국 최고의 서예가도 방한했다. 그는 현직 중국 정치인이었다. 그와 한국 정치인 몇몇이 대상 받은 아빠 작품 앞에 한참 머물렀다. 그 장면이 일종의 광고 효과를 톡톡히 해낼 줄 몰랐다. 텔레비전 화면에 아빠 작품이 나타났을 때 명지는 어떤 승리감 같은 것을 느꼈다. 아빠가 드디어 해냈다는…. 독창성과 은은한 기품이 있는 작품이며, 내면의 힘이 글씨에 묻어 있어 에너지가 넘친다는 호평을 이어서 내놓았다.

다음날 "자고 나니 유명해져 있더라"는 영국 시인 바이런 말이 아빠가 되어 있을 줄이야. 방송국에서 전화가 오고 중국 서예가가 만나기를 원한다는 소식이 왔다. 믿어지지 않았지만, 현실이었다. 정말 하루아침에 세상이 변해 있었다. 작품을 사겠다는 주문이 쇄도했고, 전시장에 사람은 북새통을 이루었다.

아빠는 전시회 오픈하는 날 잠깐 들렀을 뿐 그 후, 한 번도 전시장에 나타나지 않았다. 그러자 신문에 또다시 얼굴 없는 서예가, 불친절하고 예의가 없는 서예가라고 했다. 아빠는 이미 많은 사람의 편견을 견디어 왔지만, 세상으로 나가는 일에는 준비가 필요했다. 모 방송국에서는 사진을 찍을 수 없자 직접 전화 연결로 인터뷰를 시도했다. 아빠 목소리는 카랑카랑했고, 굵은 물줄기같이 유연하기도 했다.

아빠는 전시회를 마치고 작품 일부분의 수익을 복지회관에 내놓았다. 그것을 어떻게 알았는지 곧바로 신문에 기사화됐다. 아빠가 유명세를 타자 사람들의 태도가 달랐다.

돌아보면 의심스러운 일이 하나둘이 아니었다. 진작 알아차렸어야 했는데….

남편이 조심스럽게 말했다.

"나도 별이를 정말 사랑해. 하지만 별이 인생을 생각해 봐. 답이 없어. 우리가 어떻게 해 줄 수가 없잖아. 성형은 한도가 있는 거야."

"그래서."

"뭘 그래서야. 생각해 보라고."

"도대체 뭘 생각해 보라는 거야?"

그때 남편은 무슨 생각을 하고 그랬을까. 명지는 온몸에 소름이 돋았다. 그는 차츰 별이를 안는 것도 바라보는 것에도 한숨을 쉬었다. 처음 별이가 태어났을 때는 명지를 위로했다.

"우리가 선택한 아이야. 별이가 슬퍼할걸. 우리 아이야."

태연하다 못해 침착한 그의 행동에 명지는 가슴이 먹먹했다. 그랬던 그가 변했다. 별이 입에서 흘러내리는 액체가 손등에 묻자 무슨 더러운 이물이 묻은 것처럼 짜증을 냈다. 명지가 어떻게 해서라도 우유를 먹이려고 하면 "그 참, 보는 것도 힘들어. 이제 그만…."하다 말을 멈추었다. 그즈음 시누 남편 방문이 잦았다.

숨 237

"난 도저히 못 하겠어. 형님이 해줬으면…."
"간단해. 이거 노란 병, 그다음 이거…."

그들은 무슨 음모를 꾸미는지 말소리를 낮추고 가끔 고개를 돌려 주위를 살폈다. 명지가 다가가자 소스라치게 놀라며 시누 남편이 작은 병을 호주머니에 얼른 감추었다.

그뿐만 아니라 별이가 태어나고 한 달이 가까워지자 출생 신고를 해야 하지 않느냐고 남편에게 말했을 때, 귀찮은 듯이 "알았어, 알았다니까." 했다. 의심하기 시작하자 모든 것이 의심스러웠다.

그는 혼자 일을 치르시 않았다. 시어머니, 시누 남편과 함께 별이를 보내기로 한 것이었다.

복숭아나무 아래 별이가 있다.

평탄 작업은 기계의 힘으로 순조롭게 진행되어 갔다. 땅에 경계선을 긋는 것과 동시에 안쪽으로 향하던 굴삭기가 서서히 뒤로 돌아와서 멈추었다. 크르릉 크르릉 굴삭기는 끝나지 않은 일을 기억하고 있는 것 같았다. 운전대를 놓고 훌쩍 뛰어내린 굴삭기 조종사가 명지 앞으로 성큼성큼 다가왔다.

"저곳이 아이 무덤이라고 했소."

그는 새삼 주위를 한번 휘둘러보더니 호주머니에서 담배를 꺼내서 불을 붙이고는 한숨을 "휴" 내쉬었다. 손끝이 가늘게 떨리고 있었다. 그리고 침인지 가랜지를 땅에 캭하고 내뱉더니 작업화로 꾹꾹 밟고는 흙으로 덮었다. 하얀 담배 연기가 공중으로 사라지는 것을 따라 눈길을 주더니 "하! 날씨 한번 좋다." 했다.

명지는 '이 사람 일하다 말고 무슨 수작이야.' 별의 생각으로 아팠던 마음이 화들짝 놀라 굴삭기 조종사를 빤히 바라봤다.

"뭘, 그렇게 놀란 얼굴로 봅니까. 뭐, 내가 나쁜 놈으로 보입니까?"

참새 몇 마리가 복숭아나무에 화르르 날아와 앉더니 이내 날아갔다. 숨을 들이쉴 때마다 담뱃불이 빨갛게 피었다. 남자는 작업 모자 아래 선글라스를 벗었다. 턱수염이 덥수룩하다. 밭둑에 덥석 주저앉아 마을을 내려다봤다. 혼잣말로 "여전하네." 하고 중얼거렸다. 명지는 가지고 온 보온병에서 종이컵에 커피를 따라 줬다. 고맙다는 인사말을 생략한 채 말했다.

"여기가 고향이요?"

"그렇다고 할 수 있죠."

남자가 다리를 밭둑 아래로 쭉 폈다.

"아이 무덤을 뭣 하러 만들었어요. 평생 마음에 무덤 하나 달고 살려고, 난 뿌려버렸소."

차가운 바람 한 줄기가 스쳐 지나가는 것 같았다. 남자가 중얼거리듯이 말했다.

"아이를 잃어 본 적이 없는 사람은 이해 못 하지요. 막연한 짐작이나 하겠지. 그나저나 이 밭은 청암 선생님 밭으로 알고 있는데 무슨 관계요? 혹시 따님?"

명지는 가만히 있었다. 청암은 아버지 호였다. 남자는 대답을 기다리지 않고 말했다.

"나도 한때는 선생님 밑에서 서예를 배웠어요. 참 우리 선생님 글씨는 이 읍내서 따라올 자가 없지요. 아니 우리나라에서 제일이었소. 전에 아시아에서 열리는 서예전에서 대상을 받았던데, 찾아뵙지도 못했네. 허, 나를 알고 있을지도 모르겠고. 신문 기사만 봤지만…. 얼굴 없는 작가니 뭐니 하며 씨부렁거렸던데 뭐. 이 지랄 같은 사회가 그렇게 만들어 놓고…. 그 사모님이 참 훌륭했어요. 가끔 떡볶이랑 만두 같은 것을 퇴근 시간에 사서 학원으로 가지고 왔지요. 사모님도 우리 학원 출신이었지. 하하하. 두 분이 연애하는 것을 우린

전혀 눈치를 채지 못했지. 어리기도 했지만…."

명지는 엄마 아빠의 연애 이야기가 나오자 서서히 호기심이 발동했다.

"영 어울리지 않았으니… 허, 나도 놀랐다니까요. 서울서 공부한 사모님이 어떻게 작은 읍내, 그것도 서예학원 난쟁이 선생이랑. 세상 모르는 일이 사랑이란 말이요. 결혼 소문은 대단했지."

남자는 말을 잠깐 중단하더니 이렇게 중얼거리듯이 말했다.

"그런데 내가 지금 뭣 하러 이런 이야기를 하지." 하고는 아이 묘를 가리켰다.

"딸이었소, 아들이었소?"

"딸이었어요."

남자는 다시 깊은 한숨을 쉬며 파란 하늘을 올려다보았다. 하늘을 가로질러 한 무리 새가 날아가고 있었다.

"나도 5년 전에 아들을 잃었소. 참 똑똑하고 잘생긴 놈이었는데…. 이 밭 평탄 작업 의뢰가 들어온 날이 형님 기일이었지. 이 밭에 들어서자 형님이 생각났소. 내가 어렸을 적에 아버지가 이 밭 팔아서 형을 살리려고 했는데, 밭도 잃고, 형님도 잃었지. 그때 내 아버지가 형 이름을 부르며 꺼이꺼이 울면서 삼 일을 아무것도 먹지 않았어요. 내가 아버지 '저 밭 내가 찾아 줄게요. 형은 찾아 드릴 수 없지만…'이라고 그랬더니 아버지가 아무 말 하지 않고 내 얼굴을 당신 얼굴에 비비더군. 까칠한 수염이 밤송이처럼 찔렀지. 그 약속을 까맣게 잊고 있었었는데, 아들을 잃고 이곳으로 돌아오니 그 옛날 약속이 생각나지 않겠소. 그래 알아보니 청암 선생님 소유가 되어 있더군."

"내 아들은 소아암이었지. 얼마 되지 않은 재산 다 탕진하고 고향으로 내려왔지요. 이제 아들 잃은 그 도시에는 가지 않아요. 그쪽은 쳐다보기도 싫어서…. 주위 분들이 화장하라고 해서 화장해서 아늘과 마지막으로 여행 갔던 곳에 뿌렸어요. 내가 좀 전에 말했지만, 지금 생각하니 또 자식 묘라도 하나 남겨둘걸 하는 생각이 문득 드네요. 이렇게 생각날 때 그놈한테 가 볼 수 있잖아요."

남자는 입술을 앙다물며 슬픔을 참아내고 있었다.

누구에게나 그 크기가 다를 수 있지만, 마음속에 아픔 하나씩을 견디고 있다는 사실이…. 그의 불행이 명지에게 엉뚱하게 위안이 되었다.

"그래요. 시간은 모든 것을 치유할 수 없어요. 다만, 잠시 감정을 옮겨 줄 뿐이에요. 부모 사랑은 본능적 사랑과 무조건 사랑 같아요. 그래서 그 아픔을 설명할 수 없어요."

명지는 아빠를 생각했다. 오직 사랑을 예술적 가치로 표현하고자 했다. 외모가 아니라 내면적 가치를 향해 달렸다. 그 결과 모두를 행복으로 이끄는 큰일을 해냈다. 아빠에게 서예와 수묵화라는 예술적 분야가 없었다면 아빠의 삶은 어찌 되었을까.

명지는 자신이 청암의 딸이라는 사실을 이야기하지 않았다.

남자에게는 초등학교 때 배운 서예가 어떤 의미를 가져다 주는지 모르겠지만, 아직도 붓을 잡으면 마음이 편안하다는 사실은 잊지 않고 있었다. 언젠가는 다시 붓을 잡겠다는 말도 했다.

크러렁 크러렁. 남자가 훌쩍 뛰어 굴삭기 위로 올라갔다. 좀 전보다 빠르게 버켓이 움직인다. 남자는 지금 이 밭의 주인이 된 것 같다.

문자가 왔다. 아빠가 먼 외출을 가기로 했단다. 명지는 단축 번호를 눌렀다. 금방 아빠가 밝은 목소리로 전화를 받았다. 중국 서예가 협회에서 아빠를 초청했다는 것이다. 정말 오랜만에 기뻐하는 목소리를 듣자 '지나갔구나.' 하는 생각이 들었다. 아픔을 공유하면서 미안해 했던 시간은 이미 지나갔다.

명지는 굴삭기가 지나간 자리를 눈으로 훑어보았다. 평탄 작업이 서서히 마무리되어 가고 있었다. 굴삭기 기사가 소리쳤다.

"마무리 완벽하게 할 테니… 걱정하지 말고 내려…."

말소리가 굴삭기의 소음에 싹둑싹둑 잘려나갔다. 남자가 한 손으로 내려가라는 손짓을 했다. 알았다는 말을 명지는 손을 흔들어 대답 대신했다. 돌아오는 길에서 남자가 했던 말이 떠올랐다. 자신의 형이 죽었을 때 아버지가 삼 일을 먹지 않고 꺼이꺼이 울었다는…. 그래서 형은 찾아드릴 수 없지만, 저 밭은 찾아드리겠다고 약속했다는 말을. 명지는 혼잣말을 했다. 약속은 함부로 하는 것이 아니야. 명지도 그랬다.

"아빠, 나는 평생 아빠랑 살래."

쓴웃음이 나왔다.

"얘가 어디를 가자는 거야?"

"어머니가 좋아하는 곳으로…. 꽃구경 가요."

멀리 평탄 작업을 마친 밭둑이 보이자 어머니가 말했다.

"여긴 뭣 하러…."

"이제 어디 가는 줄 아시겠어요. 복숭아꽃이 예쁘게 피었지요?"

복숭아나무 밑 별이의 무덤에 분홍빛 꽃잎이 내려앉아 있다.

"난 아무것도 모른다."

시어머니 말소리가 떨려 나왔다. 그리고 아무 말이 없었다. 별이가 떠난 날이었다.

【작품론】

시대 현실을 탐색하는 사회학

신 재 기(문학평론가)

1. 소설의 기본값

  고경숙의 소설집 《그곳에 있다》에 수록된 8편의 단편은 모두 가지런하게 잘 다듬어진 작품들이다. 이들 작품은 한사람의 몸에 있는 손가락이나 발가락처럼 서로 이웃하며 닮았으나 하나씩 뜯어보면 굵기와 길이를 달리하는 것과 같이, 사회학적 상상력에 바탕을 두고 있으나 저마다 개성적인 목소리를 낸다. 표면적으로 이념의 푯대를 높이 들지는 않았지만, 내면에는 세상을 바라보는 작가의 관점이 탄탄하게 자리 잡고 있다. 그의 소설은 외적 허식보다는 내적 충실함을 지향한다. 작가에 대한 믿음도 여기서 시작된다. 고경숙은 화려하고 정치한 장치를 시도하기보다는 소설의 전통적 문법을 충실히 엄호한다. 새로운 감각과 방법이 주는 참신함을 구현하기에 앞서 소설의 기본을 튼실하게 다지는 데 주력하는 작가다. 과도하게 멋을 부리거나 설익은 이념에 이끌리지 않고 소설 본연의 자리를 차분히 지킨다. 이 같은 '무던함과 듬직함'을 유지하는 창작방법은 고경숙만의 장점이다.

고경숙 작품이 소설의 기본에 충실하다는 말은 무슨 뜻인가. 소설의 기본값을 특정하는 것은 불가능에 가깝지만, 그래도 포기할 수 없는 것은 탄탄한 서사를 바탕으로 하는 현실 반영이 아닌가 싶다. 사회가 안고 있는 특정한 문제를 문학 안으로 끌어들여 성찰하고 비전을 제시하는 것은 소설이 오랫동안 고투해 온 내적 형식이다. 이는 인간을 탐구하는 형식이기도 하다. 인간학의 자리를 지키는 것은 근대소설의 속성이며 윤리적 책무이기도 하다. 인간은 '세계-내-존재'이다. 세계의 규정성과 무관하게 살아가는 사람은 없다. 세계는 인간 존재와 삶에 다각도로 영향을 미친다. 소설은 인간 존재와 삶의 문제에 주목한다는 점에서 철학과 다를 바 없고, 세계의 구체적 공간인 사회 현실을 외면할 수 없다는 점에서 사회학적 상상력은 필수적이다. 그런데 소설이 '세계-내-존재'로서 인간에게 주목한다는 것은 세계의 규정성에 순응하는 인물과 가치를 앞세운다는 말이 아니다. 오히려 '세계-내-존재'라는 규정성에서 벗어나려는 인물, 주어진 자리에서 이탈하려고 몸부림치는 문제의 인물에게 주목한다. 세계 안에 머물기를 거부하고 세계 밖으로 뛰쳐나가려는 과정에서 발생하는 갈등과 좌절이 소설의 기본 형식이다. 따라서 소설가에게 가장 중요한 것은 세계와 현실에 대한 문제의식이다. 소설은 사회가 안고 있는 다양한 문제들 틈에서 서식한다. 소설가는 서사를 통해 문제의 현실과 인물을 제시하고 구조화한다. 그 서사가 작가의 사회학적 설명보다는 심미적 구조물로 완성될 때 좋은 소설이 될 수 있다. 고경숙의 작품이 소설의 기본에 충실하다는 판단도 바로 이러한 측면에 근거한다.

이 소설집에서 작가 고경숙의 사회학적 시선은 현대 우리 사회가 안고 있는 문제에 전방위적으로 미치고 있다. 외국인 근로자 혹은 다문화 가족, 가족 해체와 재구성, 청년 실업, 노인의 디지털 소외와 독거, 장애인 차별과 혐오, 코로나 팬데믹이 몰고 온 비극과 단절 등 다양한 사회적 문제가 개별 작품의 주제로 설정되고 있다. 물론 작가가 이러한 사회 문제를 바라보는 시각과 강도는 작품마다 다르지만, 어느 작품도 사회의 문제적 맥락에서 비켜난 경우는 없다. 전통적인 리얼리즘의 강도가 느슨해지면서 많은 소설이 자아를 깊은 내면에 고립시키거나 자폐적 환상의 세계에 침몰하는 경향을 자주 목격한다. 고경숙 소설이 구축한 세계가 날렵하거나 참신하지는 않지만, 자아가 고립의 늪에 빠져 허우적대며 무책임한 언어를 남발하는 소설과는 거리를 둔다. 문학이 고수해야 할 거리를 적절히 유지하면서 사회 현실에 지혜롭고 개입하는 작가 태도에서 진정성을 확인할 수 있다.

2. 가족의 균열과 재구성

'가족의 균열'은 고경숙 소설의 서사 진행에 실마리를 제공한다. 비록 표면화되기보다는 내면에 녹아 있지만, 서사적 우회의 상당 부분을 차지한다. '가족의 균열, 해체, 위기' 등의 개념은 대부분 '정상 가족'이란 기준을 전제하고 사용된다. 정상적인 가족은 사회를 구성하는 기본 단위로서 가족 구성원을 끈끈하게 결속시켜 생계 문제를 공동 해결하고 모두가 정서적 안정감을 느끼도록 한다. 일반적으로 가족은 혼인, 혈연, 입양 등으로 맺어진 공동체로 규정된다. 인간 삶이 안전하게 영위되기 위해서 갖추어야 할 기본 요건이 가족이다. 어떤 모양으로든 가족의 균열은 구성원에게 삶의 토대를 위협할 가능성이 크다. 한국 사회가 본격적인 산업사회로 접어들면서 전통적인 가족 질서와 가치에도 큰 변화가 일어난다. 농경사회에 기반은 둔 전통적인 가족이 산업사회에 들어와 핵가족 내지 소가족으로 변화하면서 가족 본연의 토대가 흔들리기 시작한다. 핵가족에서 구성원의 결손은 더욱더 그 빈자리가 크게 드러날 수밖에 없다. 핵가족 자체가 가족 공동체의 결속력이 부분화된 것이기 때문이다. 사회 문제를 반영하는 소설이 이러한 가족의 해체와 위기 상황을 제시하고, 그 결과가 개인의 삶에 어떻게 작동하는지를 보여주는 것은 일반적인 창작 경향이었다. 가족은 어떤 초월적인 이념으로 존재하는 무기체가 아니라 사회 체제와 문화의 변화에 따라 다변적으로 변화하는 유기체이다. 과거의 전통적인 가족을 정상적인 가족으로 설정하는 이상, 학술적이나 문학적 영역에서 가족 담론은 그것을 해체로 몰고 가면서 비판적 시각을 벗어나기 어렵다.

  가족의 형태나 가치도 변화할 수밖에 없다. 변화된 가족의 다양성을 받아들이는 태도가 관건이다. 사실 가족제도가 해체되어 가는 것이 아니라 시대의 흐름에 따라 변하고 있는 것이다. 인류가 가족을 사회의 기본 단위로 삼아 살아오면서 가족 내 문제는 상존했다. 정상적인 가족, 가족의 화목은 인류가 희망했던 이상이고 윤리적 가치였다. 혈연으로 맺어진 가족일지라도 그 안에는 언제나 갈등과 다툼이 내재한다. 단지 은폐하거나 연기하고 있을 뿐이다. 우리 사회 가족의 모습이 전통적인 가족의 양상과는 현격한 차이를 보이는데, 다르다고 해서 그것이 꼭 문제가 되는 것은 아니다. 가족의 다양한 모습은 사회문화가 낳은 결과이다. 이런 점에서 가족의 개념을 재조정할 필요가 있다. 가족에 대한 선입견을 청산하지 않고는 가족을 재구성할 수 있는 에너지를 얻기 어려울 것이다.

작품 〈어린 여신〉을 읽어 본다. 여고생인 '나'(혜미)는 어머니가 죽은 후 아버지가 집으로 데리고 온 네팔 국적의 이주 노동자 '사비아'라는 여자와 함께 살게 된다. 아버지가 경영하던 회사에 외국인 노동자로 일했던 그녀는 집안일을 열심히 하고 나에게도 잘해주려고 애쓴다. 그 여자가 집안에 들어온 후 아버지도 웃음을 되찾는다. 하지만 나는 그녀가 자신에 성성을 쏟을수록 더욱더 싫어진다. 그녀를 사랑하는 아버지까지 미웠다. '새엄마'라고 부르기는커녕 살갑게 상대해 주지 않으며 배척한다. 얼마 후 아버지는 공장에서 화상을 입게 되고 거기다가 교통사고로 다리까지 다친다. 아버지 병구완에 정성을 다하던 그 여자는 이미 암에 걸린 상태다. 병원에 입원한다. 이를 계기로 '나'는 그 여자에 대한 오해도 풀고 그녀가 아버지와 자기한테 대가 없이 진심을 쏟았다는 점을 깨닫는다. 마침내 연민의 정을 느끼며 그녀를 마음속으로 인정하고 받아들이며, "나는 이제 그녀가 내 새엄마라는 사실이 부끄럽지 않았다."라고 한다. 그녀의 장례를 치르면서 나는 "여자는 우리 집에 와서 그렇게 자신의 것을 만들지 않았다. 늘 다소곳했고, 겸손하며 식구이면서 이방인처럼 모든 희생을 감수하며 살았다."라고 깊이 이해하면서 그녀를 진정한 가족으로 받아들인다.

〈그곳에 있다〉를 읽어 본다. '나'는 엄마와 새아빠가 사는 집에서 나와 혼자 살고 있다. 한때 새아버지의 후원으로 외국 유학도 갔으나 대학을 졸업하지 못했다. 다니는 직장도 문을 닫았다. 따로 갈 곳도 없었다. 매일 무기력하게 방에서 누워 지루한 시간을 보내며 지냈다. 그런데 몇 개월 전부터 잘못 걸려온 전화의 주인공과 계속 통화를 이어갔다. 그 사람은 '고아라'라는 가출 소녀의 고모였다. 자신이 고아라가 아니라고 해도 그 고모는 믿지 않았다. 간간이 그 고모는 쌀과 반찬까지 부쳐왔다. '나'도 직접 고모가 살고 있는 시골 마을 찾아갔다. 고모는 없었고 밥상이 차려져 있었다. 밥을 먹고 싱크대 서랍 속에 있는 얼마의 돈까지 가지고 돌아온다. 고모는 마치 친조카를 대하듯이 진심을 다하고, 나도 그녀를 자신의 친고모같이 느낀다. 그래서 아무런 거리낌 없이 고모 집을 찾아가 밥상 앞에 앉는다. 전화 통화로만 주고받은 두 인물이 직접 대면한 일도 없는데 진짜 가족과 같은 관계로 발전한다.

두 작품이 가족 문제를 정면에서 다루는 것은 아니다. 〈어린 여신〉은 한 이주 노동자 여인에 대한 오해를 풀고 인간적인 이해에 도달하는 과정을 이야기하고 있다. 다문화 가족이란 화제가 개입되고 있으나 그것을 사회학적 측면에서 탐색하는 작품은 아니다. 이주 노동자의 문제에 초점을 맞추었다기보다는 인간적 소통과 이해 쪽을 겨냥한다. 휴머니즘 차원에서 읽히는 작품이다. 작가 의도와는 다소 거리가 있지만, 오히려 이 작품은 우리 사회의 가족 재구성 문제를 제기한다. 현재 다문화 가족은 외면할 수 없는 우리 사회의 새로운 현실이 되었다. 앞으로 더욱더 복잡하고 다양한 모습으로 나타날 것이다. 이제 우리 사회는 혈연으로 맺어진 가족관계만을 고집할 수 없다. 이 작품은 외국인이 가족으로 편입되어야 한다는 한국 사회의 새로운 출구를 보여 준 셈이다.

〈그곳에 있다〉도 마찬가지다. 작가가 의도한 방향은 고독한 젊은이의 고향 만들기이지만, 그 의도를 벗어나 가족의 새로운 형태를 암시하는 작품이다. 인간의 이상적인 장소와 관계란 무엇인가라는 근원적인 문제를 제기하면서 디지털 매체에 의해 맺어진 인간관계가 가족으로 승격될 수 있는 가능성을 보여준다. 작품 〈곁〉도 가족 구성의 색다른 가능성을 암시한다. 이 작품은 82세의 할머니와 83세의 노인의 새로운 결혼 생활을 이야기한다. 황혼이혼이 부쩍 늘어나 사회 문제로 대두되는 시대다. 이와는 반대로 이 작품은 고령에도 새로운 가족 구성이 가능하다는 점을 시사한다.

전통적인 가족은 따뜻함, 푸근함, 안정됨, 화목함, 사랑과 희생 등의 이상적인 이미지로 남아 있다. 이것이 허상이라는 것은 오래전에 판명되었다. 과거의 가치를 앞세우는 것은 실효성이 전혀 없는 헛말이다. 가족제도의 현실적 상황은 저만치 앞서가고 있는데, 의식과 가치 지향은 옛날 그 자리에 남아 자작거리거나 바장이는 형국이다. 이런 시점에서 고경숙 소설은 가족의 재구성이란 사회적 문제를 차분하게 살피고 있다.

3. 단절과 고립

2019년 말에 최초로 보고된 '코로나19'는 2022년까지 3년 동안 지속되면서 전 세계를 뒤흔들어 놓았다. 인명 피해뿐만 아니라 사회 전역에 걸쳐 엄청난 변화를 불러왔다. 지젝은 "우리의 생활양식 전체의 갑작스러운 종말"을 맞이했으며 "우리 모두는 무언가를 해야 하며 새로운 세상을 재발명해야 한다"라고 하였다. '세계는 코로나19 전과 이후로 분명하게 구분된다'고 말하는 사람도 있다. 물론 지금은 코로나 팬데믹에서 벗어난 지 1년이 흐른 시점이라 그때의 일상에서 느꼈던 불안과 공포가 어느 정도 해소되었으나 그 여파는 여전히 삶의 현장에 고스란히 작동하고 있다. 소설이 이러한 사회 변동을 천착하여 서사화하는 데에는 얼마의 시간이 더 필요하다. 원격적인 시각이 요구되기 때문이다. 코로나 팬데믹으로 빚어진 사회문화적 변화는 앞으로 문학의 중요가 주제가 될 것이다. 특히 소설에서 코로나19와 관련한 다양한 사회적 상상력은 앞으로 확대될 것으로 예상한다.

작품 〈분명하고 충분한〉은 코로나19를 중심 소재로 삼은 소설인데, "연숙은 남편의 집을 잃어버렸다."로 시작한다. 이 작품은 액자형 구성을 취하고 있다. 액자 내화는 주인공 '연숙'의 전 가족이 코로나에 감염되어 죽음에까지 이르는 비극적인 일을 이야기한다. 액자 외화는 코로나로 사망한 남편의 무덤을 잃어버렸다는 이야기다. 일반적으로 이러한 액자형 구성에서 내화에 무게가 실리고 외화는 내화를 보완하는 기능을 하는데, 이 작품은 어느 한쪽으로 무게가 쏠리지 않고 양자가 상호보완적인 관계를 맺고 있다. 그만큼 외화의 비중이 상대적으로 높다는 말이다. 이 작품의 의미는 내화와 외화의 관련성을 어떻게 해석하느냐에 달려 있다고 하겠다.

주인공 연숙에게 닥친 비극은 전 가족 코로나 감염에서 시작한다. 코로나로 남편과 시아버지가 사망하고, 연숙 자신과 아들도 치료 시설에 격리된다. 그리고 시어머니가 입원한 요양원에도 집단 감염이 일어난다. 연숙의 가족 이야기는 텔레비전 뉴스에까지 나오기도 한다. 작가는 코로나가 유행하던 당시 상황을 이렇게 서술한다.

보이지 않는 그것은 공포와 두려움보다 사람을 고립시켰다. 공상 영화에서나 보았던 세상이었다. 세계는 대혼란으로 빠져들어 가기 시작했다. (중략)

거리는 텅 비었고, 인간관계는 기계 매체를 통한 목소리로 전달되고, 차츰 사슬이 끊기듯이 툭툭 잘려 나갔다. 결혼이 미뤄지고, 다시 취소되어 갔다. 과학자들은 이대로 간다면 서서히 인류는 사라질 거라고 조심스럽게 말했다. 사람이 사라진다면 끔찍하다. 사람이 사라진 곳에 짐승들이 살게 될지 모른다. 공룡 시대와 같은 세상으로 돌아갈지도….

코로나19가 몰고 온 사회적 변동은 수많은 언어를 쏟아부어도 전부를 말할 수는 없다. 서사의 그물망이 아무리 촘촘해도 상황 변화의 진실을 정확하게 보여주지 못한다. 위와 같은 진술도 실제 경험을 통해 길러진 작가의 이해와 관심이 원근법적 시각에 의해 형성된 것에 지나지 않는다. 또한 부분적인 것이다. 오히려 감성의 필터를 통과한 얼마의 어휘나 개념이 전체 분위기를 함축적으로 말해 줄 수 있을는지 모른다. 그것 또한 한계가 뚜렷하다. 작품에서 작가가 사용한 '공포, 불안, 대혼란, 차단과 격리, 사회적 거리두기, 기계 매체로 매개된 목소리, 지구와 인간의 종말, 공용 시대로의 회귀' 등의 말도 마찬가지다. 소설이 '현실적 사실'에 관해 이야기함으로써 현실과 그 의미를 온전히 반영하거나 드러낼 수 없다. '현실감각'이란 것은 부분에 머물 가능성이 크기 때문이다. 주목해야 할 것은 편협하고 배타적인 현실감각보다는 복잡한 상상과 사유로 방황하는 허구감각이 현실의 진실에 더 가까이 다가갈 수 있다는 점이다. 다시 말해 사실과 사물의 미세한 물질성에 매달리는 것보다는 상상력을 통해 허구적으로 재구성하는 방법이 현실을 총체적으로 반영할 수 있다는 뜻이다. 소설의 위력은 바로 이 지점에서 발휘된다. 작품 〈분명하고 충분한〉에서 액자 외화가 이에 해당하는 것으로서 작가의 허구감각이 극대화된 부분이다.

이 작품에서 액자 외화는 주인공 연숙이 코로나로 죽은 남편의 무덤을 잃어버렸다는 이야기다. 남편의 산소를 종중산에 쓰고 오랫동안 찾지 못했다. 생계를 위해 언니가 사는 다른 지역으로 이사를 갔고 코로나 후유증에서 벗어나는 데 적잖은 시간이 걸린 탓이었다. 오랜만에(아들이 중학교 1학년 때에 왔었는데, 지금 그 아들이 군대에 다녀와 복학해 대학에 다니고 있다) 남편의 산소를 찾았는데, 남편의 산소를 자기 아버지 산소라고 주장한 남자가 벌초를 하고 있었다. 연숙이 그간의 사정을 이야기했으나 그 남자는 자기네 산소라고 우겼다. 급기야 양쪽은 무덤을 파보기로 합의했다. 그런데 의외로 무덤에서 나온 것은 양쪽과 무관한 석관이었다. 그 산소 주인은 어느 쪽도 아니었다. 연숙은 결국 남편의 집을 잃어버리고 말았다. 이 황당한 상황을 두고 화자는, "연숙은 오랫동안 파헤쳐진 묘 앞에서 혼란한 시간은 혼자만의 시간이 아니라 모두의 시간이었음을 알았다."라고 말한다. 작가는 코로나19 상황이 진행 중일 때는 물론 그 이후 시간도 '혼란의 시간'이었다는 메시지를 던진다.

이 소설에서 수미상관을 이루는 '연숙은 남편의 집을 잃었다'는 진술에는 코로나 팬데믹을 바라보는 작가의 관점(주제)이 함축되어 있다. 그런데 '혼란의 시간'이라는 작가의 언급을 제외하고는 이 부분을 해석할 수 있는 직접적인 단서는 없다. 전체 서사 구조에서도 별다른 해석의 실마리를 찾기 어렵다. 그런데 '혼란의 시간'이란 단서는 코로나19가 사회에 끼친 문제의 심각성과 복잡함을, 그리고 연숙 가족이 겪었던 비극적인 일을 드러내는 것으로서는 그 강도가 턱없이 부족하다. 개인의 경험 영역을 넘어 보편적 의미를 창출하기에는 힘이 딸린다는 말이다. 이제 남은 것은 독자의 독창적인 해석뿐이다. 이 해석의 자리를 작가가 의도적으로 남겨두었는지는 모르나 이 작품의 결말에 나타나는 애매함은 독자의 호기심을 불러일으킬 만하다.

'코로나19 사태'는 느닷없이 들이닥쳤다. 이 낯선 실체의 등장은 대부분 꿈에도 상상하지 못했다. 그런데 전대미문의 코로나는 살아 움직이는 실체로 출현해 전 세계를 휘젓고 다녔다. 사망자가 생기고 감염경로가 추적되는 과정에서 '코로나'는 인간 너머 새로운 사회적 행위자로 인식되었다. 이 세상에는 인간과 신이라는 양자만 있었다. 과학 지식으로만 알려졌던 바이러스가 인간세계에서 사회적 행위를 하는 가시적 존재로 등장한 것이다. 그것도 무서운 위력을 떨치며 세계 곳곳에서 인간 생명을 위협하면서 사회를 공포의 도가니로 몰아넣었다. 코로나의 기세가 드높아질수록 인간뿐만 아니라 신의 무력함도 입증되었다. 인간과 신이란 이원적 세계 구조는 코로나로 붕괴하고 말았다. 작품에서 하나의 무덤을 두고 두 사람이 각각 자기의 것이라고 우기고, 결국 두 사람 중 누구의 것도 아닌 것으로 판명된다. '귀신이 곡할 노릇'이었다. 이 황당한 현실은 코로나 출현을 비유적으로 말해 준다. 인간이 이성을 바탕으로 합리적으로 인식하고 판단하던 체계가 무너졌다. 이는 사회적 행위자로 등장한 코로나가 인간세계를 재편했다는 말과 다르지 않다.

  주인공 연숙이 코로나로 잃었다고 하는 '남편의 집/무덤'은 하나의 특정한 장소이다. 장소는 특정한 관계와 의미가 있는 구체적인 공간이다. '남편의 집'을 잃었다는 것은 결국 의미 있는 장소를 상실했다는 말이고, 구체적인 관계가 단절되었다는 뜻이다. 그 단절은 코로나가 끝난 후에도 이어졌다. 코로나의 리스크를 줄이기 위해 사회적 규범으로 자리잡은 것이 '사회적 거리 두기'이다. 사회는 인간이 공동체를 이루면서 구성원들에게 발생할 수 있는 위험을 방어하거나 줄이기 위해 형성되었다. 그런데 사회적 거리 두기는 오히려 정반대다. 위험을 줄이기 위해서 거리를 두어야 한다는 것인데, 여기서 '사회'와 '거리'는 이율배반적이다. 인간 삶의 방식으로서 사회는 컨택트의 점액성에 의해 유지 발전한다. 코로나는 오래된 사회의 전통적인 체계에 균열을 내었다. 코로나로 원래의 사회 본성을 해체하고 언컨택트가 전면화한 것이다. 사실 디지털 시대가 열리면서 '언컨택트'의 요소는 곳곳에 내재하면서 확대일로를 걸어왔다. PC, 온라인 통신, 모바일, SNS 등으로 이어지는 디지털 매체는 언컨택트의 확장 과정이었다. 구체적이고 물리적인 장소를 공유하지 못하는 언컨택트는 관계 단절이며, 그 단절은 개인의 고립을 불러온다.

디지털 사회에 들어와 가속화되는 인간관계의 단절과 개인의 고립 문제는 곤경숙 소설의 중요한 주제이다. 작품 〈로그인〉은 독거하는 남성의 죽음을 이야기하고 있고, 〈고립 또는 삶〉은 가족의 붕괴로 산중에서 혼자 숨어 살아가는 '동구'라는 젊은 청년의 이야기이다. 대도시의 휘황찬란 불빛은 모두 제 혼자 빛난다. 그 도시에 밀집한 개인 대다수는 밀폐된 자기

방에서 컴퓨터와 스마트폰이 조장하는 가상 세계에서 빠져든다. 그것이 순간적으로는 단절과 고립을 해소해 줄 수 있을는지는 모르지만 장기적으로는 인간적인 관계를 상실하는 덫이다. 내 존재와 영혼이 위로 받고 안식할 수 있는 장소 찾기가 고경숙 소설이 핵심 주제이다. '그곳에 있다'는 표제 작품의 주제도 같은 맥락을 이루다고 하겠다.

4. 낮은 중심

가라타니 고진의 '근대문학의 종언'이 한국 문단에 큰 파장을 불러일으켰던 적이 있었다. 2016년의 일이었다. 이 선언이 한국 문단에 어떤 영향을 미쳤는지는 알 수 없으나 이를 도화선으로 당대 문학인은 자신이 딛고 있는 한국문학의 현실에 관해 통찰과 반성의 기회를 가졌던 것은 분명하다. 그 반성의 결과가 '종언'이란 음울한 현실을 연기하거나 다른 국면으로 전환했던 것은 아니었다. 반성은 반성으로 끝났을 뿐 문학에 다가오는 그늘을 걷어내는 데는 무력했다. 위기를 인식하고서도 무력함을 드러낼 수밖에 없었던 것은 그것이 이미 문학 내부 문제에서 벗어났기 때문이다. 21세기는 본격적인 디지털 시대의 개막과 함께 출발했다. 디지털 문화가 확산하면서 문학의 위상은 추락의 길을 걷는다. 근대문학이 그동안 다져왔던 문학의 토대와 권위는 크게 흔들렸고, 문학의 전통적 질서와 가치에 균열이 생겨난다. 이는 일시적으로 밀어닥친 위기가 아니라 대전환에 가깝다.

'문학의 종언'은 특별한 문제와 상황을 지칭하기보다는 상징적인 의미가 강했다. 그 이전에 종종 거명되었던 '문학의 위기' 혹은 '문학의 죽음'이 막연한 투정 수준이었다면, 이는 사회문화의 생태적 변화와 직접적인 연관성을 지니는 만큼 느껴지는 무게와 온도가 달랐다. 문학이 사회와 인간 삶의 개선을 위해 무언가를 할 수 있다는 믿음을 잃게 되었다는 점이 그 핵심에 있었다. 다시 말해 '문학의 공공성'에 대한 회의가 커졌다. 문학의 종언은 문학의 진정성 상실 혹은 타락의 다른 이름이다. 문학 생산자와 소비자 모두가 디지털 매체가 생산하는 즉물적 욕망의 단맛에 길들면서 이념이나 서사적 성찰을 멀리했다. 디지털 욕망이 새로운 신으로 떠올랐다. 삶과 현실의 맥락이 삭제된 자리를 개인의 주관적 감각이나 이미지가 차지하고 밀았다. 이야기 형식의 상실은 작가와 독자의 공감대를 협소화하고 문학을 자폐적 공간으로 전락시키는 결과를 낳았다.

소설의 근간을 이루는 것이 서사다. 서사는 사건을 재현하는 방식인데, 사건의 전말을 자세히 이야기하는 데에서 그쳐서는 좋은 서사가 될 수 없다. 서사적 사건은 세계를 통찰하는 작가의 문제의식을 토대로 구성되어야 한다. 특정한 세계관과 질서를 제안하는 야심 찬 의도를 토대로 삼을 때 소설의 서사는 독자의 감동을 끌어낼 수 있다. '재미와 위로'에 안주하려는 얄팍한 전략은 오래가지 못한다. 더욱이 작가가 삿된 허영에 사로잡혀 한발 물러서서 이야기를 이어가지 못하고 전면에 나서서 사건과 상황에 관해 해석적인 설명을 낭비하는 작품은 어떠한가. 이는 독자를 무시하는 태도다.

고경숙 소설이 서사의 모범을 보였다고 평가하기는 어렵다. 주제 구현이나 문장 표현에서도 남다른 성과를 이룬 것은 아니다. 하지만 소설의 기본 토대인 현실에 대한 문제의식이 뚜렷하다는 점, 보여주기 위해 꾸미지 않고 시사의 기본을 지키려는 창작 태도, 사건이나 인물을 객관적으로 바라보려는 화자의 원격성이 믿음을 준다. 한마디로 말하면, 고경숙은 '낮은 중심'을 유지하는 소설가이다. 탄탄한 소설은 말을 쏟아내기보다는 말을 아낌으로써 가능하다는 점을 실천했다고 하겠다. 중심이 낮으면 더 멀리 갈 수 있다. 이런 점에서 고경숙 소설의 저력은 미래를 예약하고 있다.